Figura na sombra

Romance

Luiz Antonio de
Assis Brasil

Figura na sombra

Romance

L&PM
EDITORES

Texto de acordo com a nova ortografia.

Capa: Marco Cena
Ilustração da contracapa: Josephina Imperatrix Rosae é uma ilustração botânica em aquarela minuciosamente elaborada dentro de padrões estético-científicos pela ilustradora botânica Anelise Scherer, segundo o descritivo ficcional criado por Luiz Antonio de Assis Brasil. (Cortesia da autora)
Revisão: Jó Saldanha e Lia Cremonese

CIP-Brasil. Catalogação na Fonte
Sindicato Nacional dos Editores de Livros, RJ

B83f

Brasil, Luiz Antonio de Assis, 1945-
Figura na sombra / Luiz Antonio de Assis Brasil. – Porto Alegre, RS: L&PM, 2012.
264p. : il. ; 21 cm

ISBN 978-85-254-2713-7

1. Romance brasileiro. I. Título.

12-5104.　　　　　　CDD: 869.93
　　　　　　　　　　CDU: 821.134.3(81)-3

© Luiz Antonio de Assis Brasil, 2012

Todos os direitos desta edição reservados a L&PM Editores
Rua Comendador Coruja 314, loja 9 – Floresta – 90220-180
Porto Alegre – RS – Brasil / Fone: 51.3225.5777 – Fax: 51.3221.5380

Pedidos & Depto. comercial: vendas@lpm.com.br
Fale conosco: info@lpm.com.br
www.lpm.com.br

Impresso no Brasil
Primavera de 2012

SUMÁRIO

Prólogo 13
Capítulo I 21
Capítulo II 24
Capítulo III 26
Capítulo IV 27
Capítulo V 30
Capítulo VI 34
Capítulo VII 37
Capítulo VIII 41
Capítulo IX 43
Capítulo X 45
Capítulo XI 48
Capítulo XII 51
Capítulo XIII 53
Capítulo XIV 55
Capítulo XV 59
Capítulo XVI 62
Capítulo XVII 63
Capítulo XVIII 65
Entreato I 69
Capítulo XIX 71
Capítulo XX 75
Capítulo XXI 77

Capítulo XXII......79
Capítulo XXIII......83
Capítulo XXIV......85
Capítulo XXV......87
Capítulo XXVI......90
Capítulo XXVII......92
Capítulo XXVIII......95
Capítulo XXIX......97
Capítulo XXX......100
Capítulo XXXI......102
Capítulo XXXII......104
Capítulo XXXIII......105
Capítulo XXXIV......107
Capítulo XXXV......111
Capítulo XXXVI......114
Capítulo XXXVII......117
Capítulo XXXVIII......118
Entreato II......119
Prisão de vidro......121
Entreato III......165
Capítulo XXXIX......169
Capítulo XL......173
Capítulo XLI......174
Capítulo XLII......176
Capítulo XLIII......177
Capítulo XLIV......179
Capítulo XLV......180
Capítulo XLVI......181
Capítulo XLVII......183
Capítulo XLVIII......184

Capítulo XLIX	186
Capítulo L	190
Capítulo LI	194
Capítulo LII	195
Capítulo LIII	196
Capítulo LIV	201
Capítulo LV	204
Capítulo LVI	207
Capítulo LVII	209
Capítulo LVIII	212
Capítulo LIX	215
Capítulo LX	217
Entreato IV	221
Capítulo LXI	223
Capítulo LXII	226
Capítulo LXIII	229
Capítulo LXIV	230
Capítulo LXV	233
Capítulo LXVI	235
Capítulo LXVII	236
Capítulo LXVIII	239
Capítulo LXIX	240
Capítulo LXX	242
Epílogo	245
Capítulo LXXI	252
Capítulo LXXII	255
Capítulo LXXIII	258
Notas	261
Agradecimentos	263

Para a Valesca.
Sempre.

What are the major men? All men are brave.
All men endure. The great captain is the choice
Of chance. Finally, the most solemn burial
Is a paisant chronicle.

Wallace Stevens, *Paisant Chronicle*

PRÓLOGO

Estância Santa Ana, Corrientes, Argentina, 1858.

Agora faz uma tarde luminosa sobre o pampa. Não há nuvens. O ar é leve, azul, cintilante. Pela manhã e nos seis dias anteriores o céu desfez-se em água. Vapores sombrios erravam pela atmosfera. O arroio Las Ánimas, saindo de seu leito, confundiu-se com o rio Uruguai, ali perto. Alagaram-se os campos e arruinaram-se as plantações de milho e mandioca. O yerbal nada sofreu. Agora todos estão felizes pelo retorno do bom tempo.

Os dois homens conversam no maior dos três ranchos cobertos por telhados de santa-fé e unidos num conjunto improvável que, visto do alto, formaria a letra K.

Estão no cômodo maior desse rancho. As paredes de barro amparam-se em troncos de árvores que têm a função dos arcobotantes das catedrais góticas. As fendas nas paredes, resultado de um abandono sem época, deixam entrar luzes oblíquas que conferem textura de cenário litúrgico a tudo ali dentro.

Don Amado Bonpland, o velho proprietário, denomina esse cômodo sem assoalho de salle à manger. Serve não apenas para comer, mas também para ler, dar consultas médicas e receber visitas. Serve para os momentos em que as pessoas se dão conta de que possuem um espírito. Mas tudo ali é passado. No pampa, todos os cômodos de uma casa são passado. No pampa, tudo é passado.

Don Amado Bonpland e seu jovem visitante sentam-se em cadeiras toscas junto à mesa, que não passa de uma antiga porta de madeira apoiada sobre duas barricas. Nela, há uma pasta de couro, opaca pelo tempo.

Impossível não ver o pequeno armário-farmácia portátil. Ali há frascos coloridos. Vários deles estão secos, sem rolhas. Os rótulos, escritos na época em que a mão de Don Amado Bonpland era firme, são: *Romarin, Aspérule, Calamenthe, Céleri* e ainda outros, ilegíveis à precária acuidade visual do visitante.

A instabilidade das paredes impediu que a estante de livros com cinco prateleiras ficasse à altura dos olhos. Repousa no chão, e acolhe duas centenas de volumes. Em três deles é possível ler, na lombada, gravado a ouro: Alexander von Humboldt ~ Kosmos. Há uma coleção de outros livros, encadernados em couro verde, com lacunas na numeração: Alexander von Humboldt & Aimé Bonpland: *Voyage aux Régions Équinoxiales du Nouveau Continent*.

Robert Christian Avé-Lallemant, o visitante, já possui todos esses livros. Falta-lhe apenas um, do qual agora decifra o título: *Description des Plantes Rares Cultivées à Malmaison e à Navarre* – Aimé Bonpland. Os livros cobrem-se por uma tênue camada de pó escuro, como tudo o mais que ali existe.

Junto à soleira da porta, há um vaso com rosas cor de carne. Seu tronco é nodoso, disforme, retorcido por inúmeras e antiquíssimas podas. Avé-Lallemant sorri: gosta de rosas. Cultiva-as, mesmo em sua casa alugada do Rio de Janeiro.

Don Amado Bonpland oferece mate a Avé-Lallemant, que o recusa de maneira muito gentil.

Don Amado Bonpland insiste:

«Doutor Avé-Lallemant, esta erva é que chamei de *Ilex humboldtiana*, no tempo em que eu dava nomes às plantas».

Avé-Lallemant ficou preso à palavra *humboldtiana*. Mesmo que evoque o nome de seu amigo muito querido, Avé-Lallemant recusa. Repugna-lhe aquela infusão verde numa suja cabaça. Repugna-lhe sorver pelo mesmo canudo de metal que esteve noutras bocas. É o asco próprio dos estrangeiros, e ele o sente desde que chegou ao pampa.

«Mas», diz Don Amado Bonpland, «meus colegas botânicos nunca aceitaram esse nome. Usam outros.»

Avé-Lallemant ocupa-se em registrar na retina a imagem desse velho. Trabalho inútil: apenas na juventude, com a esperança e suas possibilidades, é que as pessoas diferem entre si.

Incomum, porém, é a história de Don Amado Bonpland.

Glória das ciências botânicas, doctor honoris causa por várias universidades europeias, Don Amado Bonpland é, como escreveu um naturalista de Ansbach, lembrado de Kaspar Hauser, um novo aenigma sui temporis. As academias mandam-lhe diplomas enrolados em canudos de folha de flandres. Ele aceita essas honrarias, agradecido e sem vaidade. Guarda-as em lugares que costuma esquecer. Abre exceção para duas estrelas da Légion d'Honneur, presas à lapela do gasto casaco de brim. É uma ironia de Don Amado Bonpland: atarantadas entre seus tumultuários papéis, as autoridades francesas deram-lhe duas vezes a mesma condecoração. Disso Avé-Lallemant fora prevenido, e acha graça ao enxergá-las ao peito de Don Amado Bonpland.

Aos 85 anos, este homem não aceita conselhos nem ajuda – assim registrará Avé-Lallemant em seu diário e, depois, no livro que publicará em Leipzig no ano seguinte. Registrará também o espanto de saber que esse homem aufere uma renda de três mil francos do governo francês, suficiente para mantê-lo em qualquer capital da Europa. Don Amado Bonpland é capaz de fazer tudo que signifique provar os extremos. Veste-se como qualquer um da região. Só usa botas quando chove. Neste momento, apresenta-se com os pés descalços. Avé-Lallemant tenta imaginar esses mesmos pés quando, na Malmaison, vestiam meias de seda de Lyon e sapatos rasos de verniz com fivela de prata. Essas meias subiam até o joelho e desapareciam nos culotes de veludo vermelho bordados com ramagens de flores. Os sapatos de verniz pisavam parquês de carvalho e nogueira ocultos sob tapetes egípcios. Napoleão imperava sobre a França, reinava na Itália e Espanha e todos se julgavam eternos.

Os forasteiros que procuram Don Amado Bonpland confundem-no com um peão e perguntam-lhe pelo proprietário da estância. Assim fez Avé-Lallemant ao chegar a Santa Ana. Cobre-se de vergonha a cada vez que se lembra.

Avé-Lallemant agora faz o pedido que Don Amado Bonpland tanto espera.

Alguém se aproxima. A filha de Don Amado Bonpland vem de fora e apoia-se à ombreira da porta aberta para o campo. Carmen enxuga as mãos no avental. Ela observa o pai. Carmen tem o rosto redondo das indígenas. Ela conhece pouco da língua que o pai fala com o estrangeiro, mas o suficiente.

Ela vigia as lembranças do pai. Ele lhe retribui com o olhar infantil que as pessoas de muita idade destinam aos familiares.

Don Amado Bonpland, depois de sorver um gole do mate, começa a falar.

Só agora Avé-Lallemant percebe que Don Amado Bonpland tenta dominar o persistente tremor da mão esquerda. Cola-a na perna, onde ela fica, palpitando como uma borboleta.

Por delicadeza, Avé-Lallemant desvia o olhar.

Don Amado Bonpland fala com lentidão, escutando a si próprio:

«No dia em que nasci, na marítima La Rochelle, reino da França, o sol deitava-se violáceo no horizonte das águas atlânticas. Os pescadores saíam com suas embarcações. Passariam a noite no mar. Era verão».

Mesmo que Don Amado Bonpland diga "o sol deitava-se violáceo no horizonte das águas atlânticas", trata-se de uma linguagem natural a quem muito leu. Essas palavras também não soam artificiais a Avé-Lallemant, fruto tardio do Romantismo alemão, uma espécie de fim de raça, admirador de Schiller e Herder. É longilíneo e obsequioso, doutor em medicina pela universidade de Kiel. Com a cabeça inclinada para o lado, tal como fazem os cães domésticos quando atentos à voz de seus donos, ele escuta:

«Muitos anos antes meu avô decotava os baraços de sua videira quando lhe nasceu o filho, meu pai. Disse que o bebê, tal como aquela videira, seria uma boa planta. Entusiasmado com a sonoridade, boa planta, passou a chamar o filho de Bon Plant, mesmo quando o filho já era cirurgião-chefe do Hospital de La Rochelle. Eu herdei esse sobrenome ridículo e na escola transformei-o em Bonpland. Meu destino começava aí. Meu nome de batismo, Aimé, eu traduzi aqui no Novo Mundo. Aqui, como o senhor bem sabe, me conhecem como Don Amado Bonpland. Chamam-me também de Gringo Loco, conforme o momento».

Don Amado Bonpland poderia acrescentar a alcunha Caraí Arandu, que significa Senhor Sábio na língua dos guaranis. Mas isso ele esqueceu.

Don Amado Bonpland conta uma vida entremeada de grandes vazios e fatos inexplicáveis.

Agora parece desatento ao seu visitante – assim pensa Avé-Lallemant. Mas Don Amado Bonpland recupera o fio da história:

«Esses nomes me agradam. Eles dizem tudo o que sou, o que fui e o que desejei ser. Sou amado e sou louco. Sempre improvisando minha vida, busquei-me na multidão que assistiu à morte de Luís XVI, depois nas úmidas selvas da Amazônia, no pico do monte Chimborazo, nos jardins à inglesa da Imperatriz Josefina, na longa prisão que me impôs o doutor Francia, no largo e majestoso pampa gaúcho, na ajuda aos rebeldes farroupilhas e na Santa Casa de Misericórdia de Porto Alegre. No melhor momento de minha vida, aliei-me a esse ser belo e admirável, o nosso amigo, o barão Alexander von Humboldt, ao qual abri os caminhos da anatomia, da fisiologia, dos vegetais e dos bichos do mundo».

O visitante suspira, aliviado. Enfim Don Amado Bonpland fala em Humboldt. Avé-Lallemant julgava que estivessem rompidos. Ele escuta:

«Humboldt me ensinou física e astronomia. Ensinou-me a manejar instrumentos ópticos, sonoros e mecânicos. Ensinou-me a falar com as pessoas. Juntos fizemos aquela viagem às Américas que transformou Humboldt na personalidade mais famosa deste século».

Avé-Lallemant não apenas sabe da viagem em pormenor como leu todas as notícias dos jornais e comprou todos os livros que dela decorreram. Avé-Lallemant nutre uma consideração reverencial por Don Amado Bonpland. Ele tem consciência de ser um dos pouquíssimos europeus que apertaram a mão desses dois esplendores da ciência do século XIX.

Don Amado Bonpland interrompe o pensamento de Avé-Lallemant:

«Minha viagem com Humboldt foi errática, comandada pelas pestes, pela política, pela paixão, pela geografia, pela boa ou má disposição dos capitães de navios. O gênio de Humboldt deu sentido a uma aventura dirigida pelo acaso. A viagem, para ele, foi um meio para comprovar sua teoria. Ele buscou a totalidade em meio à confusão dos seres. Ele morrerá com a certeza de havê-la encontrado. Quanto a mim, encontrei a solidão, a malária e o amor. Depois disso, encontrei o pesar, o remorso e, por fim, a remissão e a sabedoria. E quanto mais vivo, mais constato que tudo é diverso, tudo é frágil, tudo é múltiplo e surpreendente».

CAPÍTULO I

A CENA INFANTIL DE Aimé Bonpland. Em La Rochelle o outono chegara mais cedo. Era o início de setembro. Sentavam-se à mesa o pai, a mãe, o irmão e a irmã. Todos mastigavam em silêncio. A empregada pôs à mesa uma travessa de couves fervidas. Exalavam um péssimo odor. A mãe pegou o prato de Aimé e serviu aquilo. Junto, um pedaço de carne de porco, também fervida, pálida. O pai o observava. Manuseando o garfo, Aimé separou algumas tiras da couve e as uniu, recompondo uma folha. "É uma folha de couve, viva de novo", ele disse. O pai pegou seu cálice de vinho e veio sentar-se a seu lado. Olhava para a reconstituição da folha. "Bonito" – pensou, e ficou imaginando coisas.

    Aimé formou uma coleção das plantas que colhia nos arredores de La Rochelle e nas margens do rio. A essa atividade da moda chamavam de "herborizar".

    Pessoas, mesmo as mais sensatas, herborizavam. Herborizavam os padres, os ateus, as damas de sociedade, os professores de grego, até as criadas.

    A Natureza era longa e desconhecida.

Aimé, já adolescente, desaparecia por um domingo inteiro. Nas margens do rio, afastando os ramos dos salgueiros, com os olhos postos para baixo, ele colhia suas plantas. Erguia a cabeça: as primeiras neblinas da estação, envolvendo a antiga ponte de pedra, comoviam sua alma de um sentimento que ele conhecia dos livros de poesia da biblioteca doméstica. O pai de nada o proibiu, permitindo-lhe a leitura dos filósofos execrados nos círculos oficiais.

Aimé voltava para o quarto e espalhava as plantas na mesa de estudos. Com o *Species Plantarum* aberto, tentava classificá-las. Passava noites em claro se não conseguisse achar no livro uma planta em especial. No futuro, haveria várias com seu nome: pertencem ao gênero *Bonplandia*, da família das *polemoniáceas*.

Na direção da juventude, passou a interessar-se pelo corpo humano, pelas doenças e, como efeito das leituras dos filósofos, pelas ideias da revolução.

Leu o *Émile*, o *Zadig* e leu Descartes.

Leu Pascal: agora sim, alguma coisa deveria acontecer em sua vida.

O irmão perguntava-lhe quando iria dedicar-se a algo sério. Aimé respondia que agora precisava dessas coisas. Depois iria estudar medicina. Não era o que esperavam dele?

A irmã, para distraí-lo desses assuntos, começou a ensinar-lhe piano. Em poucos meses tocavam a quatro mãos o movimento andante da "Sonata em Dó Maior" para dois pianos de Mozart. Olive não tinha muito que fazer em casa. Estava à espera de um casamento.

Aimé Bonpland aprendeu a executar, com rapidez e por si mesmo, algumas obras fáceis de Haydn. O pai resolveu dar-lhe um professor de piano, que logo recolocou o sobretudo e pegou sua pasta de partituras:

– O rapaz está com tantos vícios de dedilhado que o melhor é aprender outra coisa.

Essa foi uma culpa perante seu pai. Não podia vê-lo sem imaginar o desgosto que ele sofria.

Por isso, aprendeu latim como um abade. Dizia que era para ler melhor o *Species Plantarum*, embora o latim fosse útil para aprender anatomia.

Na idade certa, leu o *Ars Amandi*, de Ovídio.

O pai viu-o com o livro e sorriu, antes de apagar a vela e recostar-se para dormir.

CAPÍTULO II

Herborizar implica o olhar determinado em meio à confusão das plantas. É o olhar de quem sabe: aquele caule, aquelas folhas, aquela flor, significam algo na extrema economia da Natureza.

Quem herboriza retém milhares de desenhos e descrições; sabe qual amostra da planta deve ser recolhida, prensada entre folhas de papel, e depois de seca, fixada por atilhos em folhas de cartolina grossa e classificada ao pé de cada folha, com o nome do herborista.

A reunião das folhas de cartolina com as amostras formará um herbário.

O herbário espreme-se entre duas capas de couro rígido revestidas de gorgorão e amarradas nas margens por cadarços de pano.

O tamanho de um herbário, em seu comprimento, é de um antebraço.

Nos museus de história natural esses herbários são constrangedores pela sua inquietante condição de coisa incompleta e inanimada.

*

Até meados do século XVIII as plantas tinham uma função irrelevante e coletiva.

No século XIX o herborista arrancava uma planta do solo, separava-a do conjunto de suas iguais.

As escusas para a herborização podem ser: extrair das plantas seus óleos essenciais; classificá-las dentro do reino vegetal; ostentá-las num museu para que os visitantes as vejam.

Num vaso, contudo, teriam alguns dias a mais de graça.

Em vasos de porcelana do Augarten ou da Vista Alegre, as flores compõem um quadro holandês. As pessoas dizem: "Que lindo quadro holandês, com essas flores num vaso de porcelana".

Já o destino das plantas herborizadas é a ciência e as trevas.

CAPÍTULO III

Interessava-se pelas coisas insignificantes. Insetos de carapaça de couro e pernas serrilhadas, que assustavam os colegas do liceu.

Algumas borboletas de asas furta-cores, cambiando entre o verde, o azul e o roxo. Também as amarelas, com manchas circulares que são olhos ferozes desenhados em suas frágeis asas.

Também minúsculos fósseis de conchas, que ele descobria ali onde ninguém enxergava nada. Tinham formas helicoidais como os grandes búzios e lembravam a época dos cataclismos terrestres.

Seixinhos azuis, verdes e rubros. Ensinava, para decepção dos outros, que não eram pedras preciosas. Para um cientista, todas as pedras são preciosas.

Perguntavam-lhe por que razão, entretanto, gostava mais das plantas. "Elas sofrem a paixão ardente de suas flores coloridas", ele respondia, "mas estão sempre à beira da morte."

CAPÍTULO IV

Aimé Bonpland, aos dezessete anos, em Paris, estudava medicina.

A revolução avançava. Aimé Bonpland chegara à cidade no ano seguinte ao que Luís XVI e sua família foram trazidos de volta, depois de Varennes.

Vivia-se um verão rijo. Uma semana depois, o calor recrudesceu. O verão era uma parede de fogo que golpeava as pessoas quando abriam as portas de suas casas. As batatas lançavam brotação mesmo antes de serem vendidas em Les Halles. Havia excesso de poeira suspensa.

Sua primeira visita, depois de deixar as malas no Hotel Boston, foi ao plácido Jardin du Roi, que logo seria o democrático Jardin des Plantes. O Muséum d'Histoire Naturelle, criado pela Convenção, abrigava herbários que os viajantes enviavam de todas as partes do mundo.

Nos dias seguintes, obteve licença para folhear os herbários de Lamarck. Disseminavam um odor de coisas sérias. Aimé Bonpland anotou a maneira como Lamarck fixava as amostras das plantas nas folhas de cartolina, bem como seu método de catalogação. Conheceu-lhe a letra redonda, quase infantil. Com a ciência de Lamarck, essas plantas adquiriam eternidade. Conheceu também a coleção de insetos e fósseis de Lamarck. Passou a admirá-lo como a um ancestral científico. Soube, explicada por um colega, da ideia de Lamarck, ainda não publicada, mas ensinada aos seus alunos, acerca do aperfeiçoamento constante dos seres vivos, numa evolução rumo a algo mais nobre. O homem estava no topo desse arranjo biológico. Assim era. Darwin viria depois, com sua teoria acertada e sem nobreza.

Nos domínios do Jardin des Plantes, conheceu as estufas envidraçadas que espantavam a Europa. Ali, naqueles ambientes saturados de vapor, viviam as desmedidas palmeiras do Norte da África, as bromélias e as orquídeas do Brasil, as magnólias do Algarve, os rododendros e azaleias. Atraía-se por aquelas de cores mais vistosas. Todas eram vestígios de uma cartografia vegetal que se alargava a cada dia.

A revolução, no entanto, se deteriorava.

Aimé Bonpland não entendia como as ideias dos filósofos pudessem ir à prática com tanto ódio. No entanto, ainda acreditava que a felicidade dos franceses era incompatível com a monarquia absoluta dos Bourbon.

Estudava anatomia no Hôtel-Dieu. No verão, os cadáveres logo assumiam a cor roxa e, após breve período de rigidez, estavam putrefatos, imprestáveis para os estudos.

Aimé Bonpland fez amizade com Xavier Bichat, que realizava mais de cem autópsias a cada trinta dias.

– A vida – Xavier Bichat dizia, mostrando um cadáver eviscerado – é apenas o conjunto de funções que resistem à morte.

Na Charité, Aimé Bonpland matriculou-se nas aulas do célebre Corvisart, que se distinguia por fazer seus diagnósticos percutindo o peito do paciente. Isso era novo ou perdera-se na lembrança dos homens.

Corvisart, perante a sala de aula, apontava para seus próprios ouvidos:

– Os sons vêm da profundidade do corpo. Com eles, a indicação de todas as doenças.

Diziam que ele, ao ver uma pessoa, podia enxergar-lhe a alma. Só os ingênuos diziam isso.

Durante as aulas, os gritos e estampidos da revolução entravam pelas janelas. Alguns alunos saíam dos teatros anatômicos e iam se incorporar a algum grupo mais ruidoso. As aulas duravam o tempo de silêncio entre as manifestações nas ruas.

No manicômio da Salpêtrière, Philippe Pinel ensinava aos estudantes de medicina como atender as pacientes dos nervos, sem algemas nem castigos. Havia até um piano, ali. Aimé Bonpland tentou dois acordes. Estava desafinado.

Nas férias em Paris, ele passava parte do dia coletando plantas com uma cesta de vime às costas, para depois classificá-las em seu quarto no hotel. No resto do tempo, coberto com um ostentoso chapéu de feltro, estava no Musée. Aquelas plantas, classificadas nos herbários, restituíam-lhe segurança.

Mas era apenas um jovem de chapéu que se extasiava com as novidades.

No Muséum, parou ante um frasco contendo o feto de um lêmure imerso em formol.

Na superfície do vidro, enxergou-se.

Era uma figura humana alongada, irrisória.

CAPÍTULO V

Por essa época leu o *Werther* numa tradução, e o final o deixou com um misto de horror e êxtase.

Goethe, falavam-lhe.

Um colega jogou-se ao Sena depois de escrever uma carta de despedida ao mundo. Não relatava amores impossíveis nem dívidas de jogo. Apenas tédio. Deixara a escrita ao meio, com um desabalado risco da pena que vinha de cima até o fim da página. Os suicidas, por não encontrarem respostas, legam-nos as perguntas.

Os românticos, salvo Chénier, se não aceitavam as brutalidades da revolução, tampouco eram monarquistas. Não eram nada, apenas uma vontade e uma beleza estéreis. A beleza transportava-os aos torneios medievais, aos lagos refletindo o clarão da lua entre as nuvens, aos duelos ao amanhecer, aos cantos dos pássaros, às ruínas de castelos sob tempestades, ao bálsamo das campinas, aos ciprestes gementes dos cemitérios, ao *Hamlet*, a *Tristão e Isolda*.

A Natureza e as golas altíssimas dos *Incroyables*, contudo, seriam as modas mais duradouras.

Aimé Bonpland, ao passear solitário pelos subúrbios de Paris com sua cesta de vime, por vezes, punha tudo no chão, sentava-se e ficava a apreciar o sol poente. Chamava-o de "carruagem de Apolo", mas esse palavreado arcaico começava a enfastiá-lo. Os dramalhões clássicos da

Comédie faziam com que abandonasse a representação antes do fim, indo espairecer no Palais Royal, onde ainda ressoava a voz exasperada de Camille Desmoulins incitando o povo: Aux armes! Aux armes!

A música, "esse ente sem filosofia", como lhe falavam os radicais, poderia ser o conforto. Ia aos programas do "Concert Spirituel", que agora se apresentava no Théâtre des Italiens. Sentava-se nas frisas mais baratas. Escutava Païsiello e saía detestando aquela música imponente e vazia.

Frequentou casas particulares que faziam música por divertimento. Mesmo no auge da revolução, a vida seguia. Eram quartetos, quintetos. Por muito pedirem, numa noite sentou-se ao piano e tocou de memória um trecho de sonata que aprendera com a irmã. Aplaudiram-no e serviram o café.

Vivia-se um mau período da música, da arquitetura, da pintura. A banalidade geral das artes era, entretanto, compensada pelo vigor das ciências naturais.

Robespierre instalava o Grande Terror, o que transformou a cidade num lugar perigoso. A carnificina embebia de sangue as areias da Place de la Révolution, e o ar empestava-se de um odor fétido. Os parisienses, enojados, pediram a remoção da guilhotina daquele lugar.

A hierarquia acadêmica constatou que, para dar o diploma a Aimé Bonpland, faltava-lhe o estágio prático. Concorreu a um posto na marinha, e foi mandado para a fragata *Ajax*, fundeada no porto militar de Toulon.

Viu pela primeira vez o Mediterrâneo. A água povoava-se de milhares de seres, visíveis na transparência do mar. Naquele ambiente marítimo e fresco, a revolução chegava como relâmpagos à distância.

Do castelo de popa, fixava o horizonte, em cujo fim encontraria o Norte da África. Ao murmurar "África", Aimé Bonpland queria significar todas as regiões da Terra cheias de luz, de plantas e animais imaginados.

A ideia de uma viagem deixou-o sonhador. Quis viajar. Viajar de qualquer modo.

A fragata *Ajax* jamais saiu do porto. Ao fim do estágio, em que se ocupara com as censuráveis doenças dos marinheiros, Aimé Bonpland pôde voltar para Paris, onde lhe concederam o diploma de médico.

Mas não voltava o mesmo. Em Toulon, o amor deixara de ser um conjunto de palavras líricas para transformar-se num espasmo arrebatado da carne. Chamava-se Corinne, tinha vinte e quatro anos e fazia serviços de costura para os oficiais. Era branca, de humor instável e olhos cheios de uma alegria sempre incompleta.

Em Paris, o golpe do Termidor trouxe esperanças de paz interna. Aimé Bonpland reaproximou-se dos cientistas em vias de imortalização. Assistiu às aulas de Jussieu que, no ano da tomada da Bastilha, publicara o *Genera Plantarum Secundum Ordines Naturales Disposita*, em que propunha uma simplificação do método de Linaeu.

Ia às conferências de Lamarck no anfiteatro.

A maior novidade, no entanto, por seu gosto popular, era a *Flora Atlantica*, de Desfontaines, resultado de suas viagens pela Argélia e Tunísia. Registrara mil e quinhentos gêneros e trezentas espécies botânicas. Trouxera centenas de herbários para o Muséum. Seus livros adornavam-se com a delicadeza das aquarelas de Redouté. As pessoas destacavam as ilustrações e colocavam-nas em quadros. Nomes líricos começavam a correr nos meios intelectuais e nos salões devassos.

Linum grandiflorum. Linum tenue.
Lonicera biflora.
Milium coerulescens.
Nigella hispanica.
Ornithogalum fibrosium.
Panicum numidianum. Passerina nitida. Passerina virgata.
Pimpinella lutea.

Aimé Bonpland comprou os dois volumes. Examinava as ilustrações, esmagado: "O que pode ser maior e melhor do que isto?".

CAPÍTULO VI

Antes que o pai o chamasse de volta a La Rochelle e aos deveres, Aimé Bonpland, a cabeça nas descrições da viagem de Desfontaines, matriculou-se como voluntário da expedição científica a ser comandada por Nicolas Baudin. O heroico e interesseiro Baudin percorria os mares e lutara na guerra da independência dos Estados Unidos. Ele partiria com uma vistosa galeria de homens de ciência em direção à novíssima Austrália. A viagem iria fazer propaganda da revolução, mas os interesses de Baudin eram comerciais.

Baudin aprendera como manter vivos os animais e plantas a bordo de seus navios.

Enquanto a viagem era sempre adiada, Aimé Bonpland dedicou-se a aperfeiçoar os métodos de conservação das plantas herborizadas.

No ministério conheceu Baudin. Depois de vencido por elogios, esse capitão dignou-se a explicar como fazer as plantas sobreviverem por três meses no navio: o vaso apropriado para viagem sobre o mar, os panos oleados para a proteção. Até o método das podas era diferente.

Aimé Bonpland conheceu os espécimes exóticos que cada expedição incorporava às estufas. Entendeu os mecanismos do crescimento dessas plantas. Gostou de suas flores. Eram anúncios do vasto mundo.

Antes dos trinta anos poderia ser chamado de sábio.
– Um cientista – disse-lhe Jussieu – não pode perder os humores infantis.

A cada semana Aimé Bonpland ia saber da partida da expedição Baudin, e diziam-lhe sempre o mesmo. Nas cartas à família inventava desculpas para não voltar a La Rochelle.

No seu quarto, deitado sobre a cama, os braços tranças amparando a nuca, Aimé Bonpland ficava a observar o caminhar trôpego e os saltos das pequeninas aranhas papa-moscas.

Afastava os pensamentos com o livro de Desfontaines, que entremeava com poemas de Chateaubriand.

Decorou, por sua sonoridade e drama: Dans les airs frémissants j'entends le long murmure de la cloche du soir qui tinte avec lenteur...

Esse instante em que se escuta o sino do crepúsculo enchia-o de dor, prazer e angústia.

Consultava o relógio. Levantava-se. Era hora de trabalhar com as plantas. Trabalharia até os olhos fecharem-se e ele perder a consciência.

Nem sempre era feliz com isso.

A filha do hoteleiro, que tinha lido dois livros, amava-o. Escreveu à amiga de La Rochelle:

"...tu, que o conheceste bem na infância precisas saber que ele ainda tem muito de criança tem um olhar perdido e quando ele passa pelo corredor e me diz bom dia distraído meus olhos encontram os dele que são lindos verdes o corpo dele é cheio forte é pesado mas não gordo, tem os cabelos pretos e curtos ficou mais alto do que o normal das pessoas tem mãos fortes como as do meu pai.

Tem uma única roupa muito folgada que tem lustro nas mangas, quando não está catando plantas e mariposas e besouros e pedras e passa todo o tempo no quarto, é médico mas não gosta desse trabalho, acho que não é bem certo da cabeça mas eu estou tão apaixonada que um dia eu faço uma loucura..."

CAPÍTULO VII

Hotel Boston, Paris.
O último ano do Século das Luzes.
O século seguinte seria improvisado e trivial.
Era verão, sábado. No outono, o jovem Bonaparte, vindo da campanha do Egito, declararia, ante a mixórdia política: Citoyens, la révolution est terminée!
Aimé Bonpland entrou no hotel. O calor da sala da recepção deixou-o incômodo.
Voltava de uma longa coleta na estrada de Versailles. Decidira-se a consumir suas energias por não ter notícias sobre a partida da expedição Boudin.
Entregou o chapéu ao hoteleiro e tirou das costas a cesta de vime, de onde saíam os ramos das plantas. Aquilo desprendia o forte odor dos campos calcinados.
Aimé Bonpland secou o suor da testa.
Sua atenção girou sem pressa e deteve-se no jovem estrangeiro sentado na única poltrona, o qual lia, com um sorriso desdenhoso, segurando com a ponta dos dedos, o *Journal des Dames et des Modes*. Deveria ter trinta anos, pouco mais que Aimé Bonpland. Era germânico e homem de saber, via-se. Macilento, mas não frágil. Seus dedos eram pontudos, harmoniosos. Reluzia um anel brasonado no dedo mínimo da mão esquerda. Os olhos, azuis, de uma acolhedora gentileza. Os cabelos desalinhavam-se em mechas sobre a testa, como era o costume.

O estrangeiro fixou Aimé Bonpland.
Largou o jornal no braço do sofá, ergueu-se com sinuosidade e graça. Veio em direção a Aimé Bonpland. Precedeu-o o fresco perfume da lavanda.
O hoteleiro apresentou-os um ao outro.
Aimé Bonpland inclinou a cabeça, recebeu o forte aperto de mão. Disse ser médico.
Alexander von Humboldt, em francês fluente, apresentou-se prussiano, barão e homem de ciência. Era proprietário do palácio Tegel. Embora sua prioridade fosse a investigação do mundo mineral, tinha muito gosto pela botânica, daí seu interesse ao ver aquela cesta cheia de plantas. Era astrônomo e geógrafo, também, e físico e químico.
Transpirava riqueza e elegante descaso. O colarinho alvo, de palmo, terminava num laço de cetim branco em que havia um minúsculo ponto negro de tinta de escrever. Usava abotoaduras de topázio.
Trocaram cartões. Aimé Bonpland fizera imprimir o seu: Aimé Bonpland. Médecin.
Na terça-feira, já eram amigos. Pouco a pouco abandonaram seus nomes cerimoniais de família e tratavam-se pelos nomes de batismo.
Humboldt declarou-se iluminista e partidário da revolução. Ajudara a construir os cenários da festa comemorativa do primeiro aniversário do 14 de julho, no Campo de Marte. Levara um carrinho de jardineiro com argamassa para a edificação do Altar da Pátria. Era contra qualquer forma de opressão e preconceito.
Aimé Bonpland cultivava as mesmas ideias, mas menos práticas. Ir além da reflexão teórica aconteceria mais tarde.

Alexander von Humboldt também se inscrevera para a expedição Baudin, mas pensava em mudar de planos. Esse foi o começo.

Logo foi: saíam juntos para coletar plantas, aproveitando as últimas semanas do verão.

Iam na charrette anglaise de Humboldt, conduzida por um jovem bretão muito corpulento. Divertiam-se com seu humor pesado.

Saíam pela Porta de Charenton e adentravam o Bosque de Vincennes.

Em dado momento, às vezes às margens do lago, apeavam, mandando que o cocheiro fosse esperá-los junto à porta.

O Bosque de Vincennes, se ultrapassado, abria-se para uma estrada deliciosa, ladeada por bétulas. No ar, imobilizado pelo calor, ouviam-se cigarras distantes.

Ajustavam os relógios, acertavam o local do encontro, separavam-se. Julgavam que assim seria mais fácil descobrirem algo.

O resultado nem sempre era animador. Humboldt resumiu:

— Eu preciso, Aimé, buscar paragens muito distantes desta decadente Europa, com todos esses séculos a me assombrar. Você deve ter lido o livro de Desfontaines.

Iam também aos parques de Fontainebleau e de Rambouillet.

Numa tarde, quando se reencontraram, vinham com as cestas quase vazias. Humboldt mostrou uma flor azulada.

— Sabe que flor é essa?
— Uma peônia, Alexander?

– Neste lugar, nesta época? Nunca, ó senhor botânico. – Humboldt pôs a flor na lapela de Aimé Bonpland.
– Aí fica bem. Vou chamá-la de *Parisii bonplandia*.
Riram.
Aimé Bonpland pegou uma pequena flor amarela da sua cesta. Fez o mesmo gesto de Humboldt.
– E essa, uma *Parisii humboldtiana*.
Riram. Era uma tolice.
Voltaram de braços dados para a charrete.
Encontraram o cocheiro de conversa com uma criada, que logo correu dali.
O bretão, atiçando o cavalo, contou-lhes a anedota da freira de caridade que, por engano, fora pedir esmola num bordel. "A puta então disse à freira: abandona o convento, minha irmãzinha, que aqui ganhas mais dinheiro deitada do que ajoelhada".
Riram, os dois. Depois ficaram pensativos.
– Você vê, Aimé – disse Humboldt –, esse homem vulgar. Há pessoas que se entregam aos prazeres. Para nós, os temas sérios, e em especial o estudo da Natureza, são barreiras contra a sexualidade.
Não se falaram até chegarem ao Hotel Boston.

CAPÍTULO VIII

Aimé Bonpland dormia, extenuado. O casaco, calça, colete, camisa, ceroulas, meias, todas as suas roupas pousavam em camadas irregulares sobre o espaldar da cadeira. O travesseiro umedecia-se de suor. A janela do quarto, aberta para a aromática noite de agosto, deixava penetrar o zunido dos insetos. Aimé Bonpland aos poucos imergia nos sonhos pacíficos de quem dorme cedo. O lençol de algodão dobrava-se a seus pés. A respiração movia-se cadenciada, musical.
Em seu sonho, agora, ressoavam pequenos golpes. Ele os escutava, insistentes.
Eram dedos percutindo na madeira.
Batiam à porta.
Desperto, Aimé Bonpland soergueu-se, acendeu a vela, consultou o relógio.
Então viu: a maçaneta moveu-se, e a mão de Humboldt hesitou, depois empurrou a porta. Ele segurava um castiçal com a vela acesa. Entrou, tomou o lençol e jogou-o sobre a nudez de Aimé Bonpland. Sentou-se à beira da cama:
– Temos nos empenhado com as nossas coletas, mas se me permite a franqueza, é perda de tempo classificar essas plantas. Linaeu, Buffon, outros já deram conta do necessário. Acompanha-me no sábado ao Jardin des Plantes? No caminho, tomaremos um sorvete no Café des Savants. Eu convido.

Aimé Bonpland respondeu que sim. Humboldt despediu-se com um breve aceno de cabeça e, antes de sair, percorreu com o olhar fugaz o corpo seminu de Aimé Bonpland. Fechou a porta em silêncio. Permaneceu o aroma de lavanda.

Aimé Bonpland soprou a vela.

Tentou retomar o sono e os sonhos. Voltou-se para o lado da parede. Sentia o cheiro ativo da cal.

Perdia tempo, ele?

Teve um sono vazio, branco.

Acordou com o sol.

Olhou para as amostras vegetais sobre sua mesa de trabalho.

Olhou para a prensa.

Para os pacotes das resmas de papel, empilhados, à espera das amostras.

Levantou-se. Foi até a mesa, folheou os papéis com as amostras já afixadas. Leu algumas das classificações que ele mesmo fizera.

A frase de Humboldt voltava.

Pareceu, a si mesmo, muito precário. E pior: as coletas, classificações, organização dos herbários, de um instante para o outro, tudo lhe significava um excesso inútil. Uma condenação, o destino inóspito que ele próprio se impusera em nome de algo que não sabia o que era.

Mas a vida apenas começava.

CAPÍTULO IX

Com a colher ao lado da taça de cristal vazia, Humboldt fixou-o:
— Ouça. Ouça. Você é muito inteligente, Aimé. Conhece algo da Natureza, muito da botânica, das doenças, tem um esplêndido e saudável corpo que o sustenta. — Embaraçado, olhou para fora, para o portão do Jardin des Plantes. Voltou a se dirigir a Aimé Bonpland. — Você pode pensar num outro rumo para sua vida.

Agora caminhavam entre os canteiros do Jardin des Plantes.

Recitavam os nomes científicos das plantas.
— Vamos à estufa — disse Humboldt.

O dia luminoso irradiava os coloridos das flores, mesclando-os. Dali saía o odor ambíguo de perfumes viçosos, confundidos ao cheiro nauseante das flores mortas em seus caules.

Do saibro dos caminhos emanava um calor que atravessava as solas dos calçados.

Nem tudo, ali, era felicidade.

Na estufa, tiraram os chapéus e secaram os rostos.
— Belas, não? — disse Humboldt. — Elas têm algo de selvagem, de agreste. Mas veja aqui. Este lírio da Martinica é quase igual ao nosso, europeu, não acha? Mas é quase igual. Não é igual.

— Certamente não, Alexander.
— Os lírios são diferentes entre si porque vivem em diferentes latitudes e altitudes. — Humboldt explicou: isso era indício de que a Natureza era um grande e único organismo. As plantas que ele, Aimé Bonpland, classificava, prensava e punha entre folhas de cartolina, só teriam sentido se pudessem demonstrar essa disposição orgânica.

Muitos já haviam falado coisa parecida, Latourette, Carbonière, mas sem nenhum interesse em aprofundar. Ele, Humboldt, afirmava que nesse organismo todas as espécies agiam umas sobre as outras.

— E isso pode ser demonstrado — disse.
— Como?
— Só há uma forma — disse. — Com uma viagem.

*

Cercado de alunos, Lamarck saía do anfiteatro. Era um homem grande, lento. Tinha um rosto comum, amenizado pela liquidez dos olhos. Humboldt foi a seu encontro.

Aimé Bonpland, tímido ante o grande cientista, preferiu sentar-se num banco, sob o plátano trazido por Lamarck.

Sim, era possível que tudo na Natureza constituísse uma unidade. Se demonstrada, daria uma razão a seu trabalho. Isso poderia tirá-lo da condenação.

CAPÍTULO X

Hotel Boston, quatro da tarde.
Estavam no quarto de Aimé Bonpland. Havia muito tempo que estavam ali.
Falaram-se, disseram-se o que haviam feito desde o dia anterior.
Agora, à mesa de trabalho encostada à janela aberta, Aimé Bonpland separava uma série de plantas, para depois esmagá-las entre as chapas da prensa.
Humboldt, sentado, o braço apoiado no parapeito da janela, seguia com o olhar as mãos de Aimé Bonpland.
Lá fora, a tarde ainda quente.
– E a medicina? – Humboldt perguntou.
– A medicina... – Aimé Bonpland olhou para fora. Voltou-se para Humboldt. Não acontecendo a expedição Baudin, tinha o plano óbvio de voltar para La Rochelle e lá atender no hospital pela manhã e no consultório à tarde.
– Consultório, hospital, La Rochelle... O mesmo caminho de seu pai. E a botânica?
Aimé Bonpland retomou o trabalho.
Humboldt era disperso quando assim o desejava.
– Você poderia me acompanhar numa viagem – disse.
Aimé Bonpland suspendeu-se, atento. A viagem.
Humboldt então disse:
– Uma viagem para continentes quase virgens para

os europeus. Esqueçamos essa expedição Baudin. Uma herança me deixou com dinheiro – disse, e esclareceu sua ideia: iriam à busca de elementos científicos que comprovassem o sistema orgânico existente na Natureza.

Respondeu à pergunta de Aimé Bonpland:

– Se acho um sonho? Temos o dinheiro, temos o tempo, temos a saúde, temos o conhecimento. Se há alguém na Europa que possa propor-se a essa empreitada, somos nós. E por que demonstrar a unidade da Natureza, em que isso muda a Natureza?, você agora me pergunta.

– Humboldt ergueu os olhos para o teto. – Não muda em nada, muda a nós mesmos. Porque, sendo una e sistêmica, a Natureza torna-se encantadora, grandiosa, como um templo. E a alma humana necessita disso tudo.

– Essa viagem seria para descobrir a Natureza.

– Não. Para medi-la. Medi-la e, com isso, comprovar como ela se organiza. É algo que vai muito além da botânica. A botânica é apenas uma parte dessa unidade. – E para descobrir a unidade da Natureza, dizia Humboldt, deveriam ser estudadas as diferentes regiões da Terra, comparando os processos de cada uma dessas regiões.

Era a primeira vez que essas coisas soavam aos ouvidos de Aimé Bonpland. Ele soube, naquele instante, que sua vida, de algum modo, dependeria daquele homem.

Humboldt levantou-se, pegou um ramo de buganvília ressecada, ainda com algumas pétalas cor de lacre desbotado, examinou-a:

– Esta linda buganvília veio do Brasil. Se tivéssemos na França o mesmo clima, ela sobreviveria sem cuidado algum. E então, Aimé? – concluiu. – Eu já estou decidido. Já tomei providências. Falta que você concorde.

Aimé Bonpland pediu licença, pegou a buganvília da mão de Humboldt.

Colocou-a com delicadeza sobre a folha de cartolina.

Nada respondeu.

Não naquele dia.

CAPÍTULO XI

Instrumentos de medir e pesar, de observar os animaizinhos ou as estrelas são úteis, cada qual ao tipo de pessoa que os usa.
    Astrônomos possuem lunetas e telescópios de refração. Geômetras possuem réguas e transferidores. Geógrafos possuem barômetros e sextantes. Um homem pode possuir um barômetro, a que substituirá, anos depois, talvez por um higrômetro.
    Nunca, no entanto, um único homem tivera os recursos e o interesse suficientes para possuir todos esses instrumentos de uma só vez. Somavam mais de oitenta, contando as réplicas.
    Humboldt levou Aimé Bonpland a seu apartamento de quatro peças no Hotel Boston.
    Os aposentos transformaram-se em depósito de estojos de todos os formatos e dimensões, de confecção elaborada. Havia alguns estojos sobre a cama e outros sobre os tapetes.
    Havia martelos de arqueólogos.
    Aimé Bonpland de imediato compreendeu que Humboldt ia muito adiantado em seu projeto.
    Alguns estojos continham instrumentos idênticos: dois ou três termômetros, cinco barômetros. Os materiais de que eram feitos: latão, estanho, prata, ouro, vidro, cristal e madeira.

As lentes tinham vários diâmetros e espessuras. Ainda: relógios de longitude, sextantes, teodolitos, horizontes artificiais, bússolas de inclinação, bússolas de declinação, magnetômetros.

Nenhum dos instrumentos estava ali ao acaso. Eles iriam impor medidas europeias aos continentes distantes, até então objetos de cobiça econômica ou religiosa.

Humboldt contemplava os instrumentos com amor. Seus dedos depois acariciaram o frio metálico do tubo de uma luneta:

– Com isto é possível ver, em outras longitudes e latitudes, os satélites de Júpiter, os anéis de Saturno, e os mares, montanhas e crateras da Lua – Humboldt repunha o instrumento em seu estojo. – Em suma, Aimé, se você aceitar meu convite, mediremos, pesaremos e descreveremos tudo. Voltaremos para a Europa cobertos de glória.

Aimé Bonpland retirou alguns livros de uma cadeira, sentou-se. Perguntou como ele, Alexander, poderia referir-se no outro dia à Natureza de maneira tão poética, e agora queria submetê-la a todos aqueles instrumentos?

– Sou apaixonado pela simetria. Mais amarei a Natureza quando comprovar que ela é regular como uma máquina. – Sorriu: – Sou um homem das Luzes, mas também leio Goethe e Schiller. Em suma: ciência e estética. – E entrelaçou os dedos das mãos, trouxe-as à frente. – Vê? Assim, unidas.

Aimé Bonpland magnetizou-se por aquelas mãos junto a seu rosto. Sentiu um entorpecimento e o perfume de lavanda. A imagem de Humboldt se diluía num borrão, como vista através de uma lente opaca.

Estava pronto para aceitar o convite de Humboldt. Disse-lhe isso, nessa mesma noite.

No outro dia, faziam planos.

– Assim é – Humboldt apontou para o mapa que representava a América Central e o Caribe, aberto sobre sua mesa de trabalho. – É para lá que devemos ir. No início, para Cuba. E depois das Américas, as Filipinas, pelo oceano Pacífico. Conheceremos o Pacífico. Pense nisso. O Pacífico de tantas lendas. Enfim, daremos a volta ao mundo.

Aimé Bonpland por vezes se esquecia, e Humboldt lembrava-o:

– Tanto faz ir para o Sul como para o Norte, tanto faz vagar por aqui e ali, eu encontrarei o que procuro.

Depois brindaram com um pequeno cálice de Sauternes, oferecido pelo dono do Hotel Boston.

CAPÍTULO XII

A América Central e a maior parte da América do Sul pertenciam à Espanha. Humboldt obteve uma audiência com o rei, que estava em Aranjuez.

O rei recebeu-os enquanto posava para o artista Francisco de Goya. Indolente e entediado, concedeu-lhes tudo o que pediam.

Ao saírem de Aranjuez, Humboldt levava na pasta dois passaportes e uma recomendação a todos os agentes administrativos da América espanhola, determinando que facilitassem as viagens exploratórias dos dois naturalistas.

Dali, encaminharam-se para La Coruña.

Foram vistos em vários lugares. Os dois, sempre juntos, falando coisas incompreensíveis, seguidos por três diligências lotadas pelos mais estranhos volumes.

À distância, eram dois loucos fugidos. Nem os salteadores de estrada os molestaram.

Nos dias mais amenos pernoitavam ao ar livre, ao abrigo dos piolhos das estalagens.

Nunca bebiam vinho ou jogavam cartas.

Foram vistos na torre de uma igreja do século XIV. Olhavam a paisagem com uma luneta.

Era assim: o mais velho falava, e o mais novo, o moreno, concordava.

Ao entardecer, procuravam uma elevação.

Tiravam os casacos. Olhavam o poente que, naquelas regiões, ocorre de modo longo e triste.

Quando vinha a noite, o vento balançava a vegetação rasteira. Eles erguiam as cabeças. O primeiro a enxergar a estrela Vésper apontava-a.

Viram-nos em Santiago de Compostela.

Percorreram as ruelas da cidade.

Resistiram com amabilidade aos convites para visitarem a catedral. Detestavam as crendices católicas.

Chegaram ao porto de La Coruña.

Enfim, o barco. A fragata *Pizarro*, da esquadra espanhola, de três mastros. Iria levantar âncoras para Cuba dentro de uma semana. Cuba era território espanhol. Era na América.

Humboldt olhou a fragata com desconfiança:

— Em outras circunstâncias eu não entraria num barco com o nome desse homem sanguinário.

— Pois eu estou calculando a solidez do casco — respondeu Aimé Bonpland.

CAPÍTULO XIII

Três meses antes.

Era uma voz forte.

Ressoava pela sala de sessões da Académie.

"O canal Casiquiare, ou Cassiquiare, ou o nome que tenha, é uma quimera física, hidráulica e geográfica. Falar numa ligação entre a bacia do Orinoco e o rio Negro, afluente do Amazonas é, ademais, uma insensatez, ainda que proposta por nosso confrade La Condamine. Um rio, por um de seus afluentes, comunicar-se a outro rio, é mais uma mentira inventada pelos missionários católicos. Não por nada que são os reacionários frades do reino da Espanha, os piores dentre todos, responsáveis pela Inquisição, que levou à fogueira as personalidades mais originais de seu tempo. Navegar por via fluvial do mar das Antilhas até a foz do Amazonas, isso é um insulto às inteligências. Não há caso análogo no mundo."

– Abomino frades – sussurrou Humboldt durante os aplausos –, mas há indícios da existência do canal, e não apenas pela palavra dos frades ou de La Condamine. Vamos descobri-lo.

Na rua, sob o mesmo guarda-chuva, Humboldt segurou o braço de Aimé Bonpland, travando-lhe a marcha.

– É natural que duas grandes bacias hidrográficas se comuniquem. É como acontece na experiência escolar dos vasos comunicantes. – Olhou para Aimé Bonpland. Seu sorriso anunciava uma revelação: – Você deve estar perguntando o que isso importa para a finalidade da viagem. Eu lhe respondo: nada, talvez. Mas será uma excelente propaganda.

  A chuva escorria por seu rosto como água sobre porcelana.

CAPÍTULO XIV

No castelo de popa da fragata *Pizarro*, rumo a Cuba. Anoitecia. Aimé Bonpland observava sua última visão da Europa. A torre de Hércules refulgia sobre La Coruña, e seu farol foi aceso.

O ar tornava-se fresco.

O vento, do nordeste, assegurava boa velocidade ao barco, caso fosse necessário escapar dos vasos de guerra ingleses.

Com o balanço das ondas, era preciso segurar-se ao caminhar.

Cada onda trazia uma nuvem de salpicos que penetravam a roupa.

Logo era noite.

Aimé Bonpland escrevia seu diário na cabine repartida com Humboldt: "O viajante não vê o conjunto, mas o pormenor imediato. E, ainda, ele tudo avalia segundo seu próprio interesse e suas paixões. A imparcialidade é a menor de suas virtudes".

Percebeu a presença de Humboldt por detrás de si. Humboldt pôs a mão sobre o ombro de Aimé Bonpland. Leu a sequência:

– "Eu, portanto, serei incompleto e parcial." Entendo, Aimé. Ser parcial e incompleto é a única forma de realizar algo que fique na memória das pessoas. Você pensa na Posteridade, aquilo que virá depois de você?

Aimé Bonpland voltou-se:

— Não. Não entendo sua pergunta, Alexander. Sou muito jovem para pensar nessas coisas.

— Considere este barco. Todos, exceto nós, estão aqui por razões imediatas e úteis. Ninguém pensa na Posteridade.

Era noite fechada. A Europa ficava para trás. As luzes oscilantes no horizonte eram os últimos sinais da terra firme. A grande chama do farol de Hércules ainda impressionava. Depois de um tempo, mesmo essa enfraqueceu e deixou de reverberar, engolida pela bruma. À frente, era o cheiro da maresia, e o Atlântico, uma escuridão compacta.

*

Nos dias de muito vento escutava-se o cordame do barco que rangia na mastreação encerada.

A proa baixava até atingir o mar. O mar entrava pelo convés e escorria para a popa, atingindo os porões. Depois a proa subia, até que a água revolvida fazia aparecerem arco-íris que estalavam em lampejos coloridos.

Humboldt media a temperatura e a umidade do ar, a temperatura da água, a pressão atmosférica, a posição das estrelas, a posição do barco em longitude e latitude.

Viam-no subir ao convés, indiferente ao balanço do barco e às ânsias de vômito. Nunca descansava. Ninguém o igualava, mas também não o invejava: qualquer coisa de temível deveria esconder-se por detrás dessa saúde.

Eis uma noite pesada, que antecipava tormenta.

Aimé Bonpland, insone, subiu ao convés. Humboldt notou-o e fez-lhe um sinal para que viesse devagar. Pôs o indicador sobre os lábios. À distância, o timoneiro olhava-os.

De maneira muito leve, o dedo saiu dos lábios de Humboldt, traçou um segmento de elipse e apontou para cima, para os pináculos dos mastros.

Lá estavam: numa incerta coreografia, luzes branco--azuladas voavam de um mastro a outro, confundiam-se, saltavam, tremulavam, formavam novelos que rodopiavam e se desfaziam para logo se enovelarem de novo. Paravam, latejantes. Logo retomavam a dança, num movimento sem fim e nunca igual. Aimé Bonpland conhecia-as. Eram os fogos de Santelmo.

Humboldt acendeu uma vela. Mostrou sua bússola de bolso. A agulha oscilava, febril.

– Vê-se que é um fenômeno elétrico e magnético – disse.

– Por que você pediu que eu não fizesse ruído?

– Há certas coisas que, por sua beleza, devem ser vistas em silêncio.

Assim foi quando aportaram nas Canárias e ascenderam ao vulcão El Teide. Das antigas erupções ficaram derrames de lava endurecida e muita cinza negra.

Quase sem poderem respirar, as mentes enevoadas pela rarefação da atmosfera, pela áspera subida, tremendo de frio, contemplaram o mar e as ilhas em volta.

– Silêncio – disse Humboldt. E sussurrando: – É a primeira vez que alguém com nosso conhecimento vê este cenário.

Pouco depois, Humboldt registrava as alterações da vegetação à medida que desciam: seguindo-se à ausência de vida nas partes mais altas, vinham arbustos, pinheiros, florestas de álamos e louros, vinhedos, figueiras, tamareiras. Ao pé do monte, entre as exuberantes bananeiras, em meio ao calor, ele disse a Aimé Bonpland:

— Veja. Estas bananeiras não poderiam estar no cimo desta montanha. Só aqui, nesta altitude.

CAPÍTULO XV

Uma epidemia de tifo a bordo fez com que o capitão abandonasse a ideia de ir para Cuba. Tripulantes e passageiros sucumbiam e eram jogados ao mar.

Humboldt velou, no porão, a doença e morte de um jovem de dezenove anos, a quem muito se afeiçoara. Custou a voltar ao convés. Tinha os olhos congestionados de choro. Mirou a linha do horizonte.

– Tão jovem, Aimé – disse. – Tão jovem e tão belo. Mas esse parece ser o destino da beleza.

No outro dia, quando Aimé Bonpland viu-o aspirar com profundidade o ar da manhã, considerou-o recuperado.

Rumaram para Cumaná, ao Norte da América do Sul. São mares muito conhecidos dos navegadores. Ali, as rotas são estradas em campo aberto.

– Não importa a mudança de destino – disse Humboldt. – Todas as geografias são úteis para o que precisamos. E é a ocasião de explorarmos o Orinoco e sua ligação com o Amazonas. O Casiquiare, lembra?

Desde o dia anterior o capitão do *Pizarro* anunciava que logo apareceria terra. Nada viam, entretanto. O barco vagava em meio a uma vaporosa névoa de brancura.

Escutaram o bater do sino da popa e os gritos dos homens.

Aimé Bonpland e Humboldt correram à amurada a bombordo. Era o porto de Cumaná.

Enfim, o Novo Mundo.

O navio atracou sem dificuldades.

– Belo – disseram ao mesmo tempo. Mas adjetivos são vazios.

Aimé Bonpland sentiu o braço de Humboldt sobre seu ombro.

– Veja. Olhe comigo. Eis uma beleza insuportável para uma só pessoa.

O Novo Mundo era o céu muito azul, a temperatura venturosa, a vegetação de palmeiras e tamarindos, os manguezais, os escravos com panos coloridos à cintura, os colonos com grandes chapéus. Mais além havia o branco das serras de calcário, os cactos, os flamingos cor de salmão, os pelicanos de plumagem alvacenta, as garças em voo frouxo sobre a paisagem.

Aimé Bonpland voltou-se para Humboldt: ele estava com o olhar pasmado na terra. Seu olhar dizia: "Vejo, ouço, sinto e não creio".

Aimé Bonpland sabia: logo o olhar de Humboldt iria organizar e dar um sentido a toda essa baralhada. Cada coisa encontraria seu lugar na escala universal.

Baixaram do navio. Os outros passageiros tratavam de se pôr a salvo daquele ambiente infectado.

O ar imóvel no porto fazia com que os cheiros se tornassem espessos: eram as frituras, mais os cheiros dos corpos misturados aos perfumes recendentes a benjoim e incenso.

O olhar de Aimé Bonpland perdia-se nas texturas percebidas pelo toque dos dedos nas folhas couraçadas e

nas lágrimas da condensação atmosférica sobre os ramos das mimosas.
Deixaram o porto. Aimé Bonpland colheu a primeira espécie do Novo Mundo. Era de um mangue: a *Avicennia tormentosa*.
Tontos das descobertas, não se demoravam numa planta, largando-a por outra. Corriam o risco de nunca se fixarem em nada.
O ar saturava-se de umidade. As camisas colavam-se no dorso e no peito.
Aimé Bonpland ficou a olhar o voo elétrico dos beija-flores, que conhecia apenas das pálidas aquareladas. Agora os enxergava com as cores todas, todas mescladas de púrpura com o lustro irisado da seda: verde, azul-cobalto, vermelho intenso, amarelo, negro profundo.
– É uma ave singular, Alexander. Não poderia voar e, no entanto, voa – disse.

CAPÍTULO XVI

Enxergaram o primeiro índio em suas vidas. Uma gravura ambulante: trazia um coco em uma das mãos e um ananás na outra. Sorria, como quem acolhe convidados em sua casa. Não era o bom selvagem de Rousseau. Cobrou caro pelas frutas. Em sua fala espanholada, misturava expressões em latim de missa. Vestia-se igual aos mestiços. Proferia calculadas injúrias aos portugueses.

Nessa tarde, Aimé Bonpland viu-o sentado sobre uma pedra. À sua frente, Humboldt dirigia-lhe a palavra. O índio o escutava com os olhos submissos.

Eis o que falava Humboldt, em francês:

— Você, meu bom amigo, faz parte de um universo de coisas necessárias à Natureza. Você é tão importante como o papa ou o rei que tem o seu nome. Você é tão importante como uma flor ou um pássaro. Você, como parte da Natureza, tem a mesma liberdade que existe na Natureza. Ninguém pode domesticá-lo nem escravizá-lo, assim como não se domesticam as tempestades ou os animais bravios. Se você desaparecesse, a Natureza custaria muito a colocar alguém em seu lugar. Mais do que um presente divino, sua liberdade é a mera consequência de estar vivo.

— Alexander — disse Aimé Bonpland —, ele não entende nada.

— Naturalmente que não.

CAPÍTULO XVII

Cumaná era a primeira cidade que viam no Novo Mundo. Sua implantação, junto ao Golfo de Cariaco, abraçada por montanhas e protegida por um castelo-forte, não se parecia a nada da Europa.

Cumaná construiu-se ao sabor dos desejos dos ricos senhores, com ruas irregulares e telhados verdes de limo.

Aimé Bonpland e Humboldt estabeleceram-se ali. Chamaram um guia. Humboldt alugou uma casa com vista para o mar. Atrás, ficava o depressivo mercado de escravos.

Saíam todos os dias para herborizarem. À noite, era o trabalho de prensar as plantas; no outro dia, era colocá-las ao sol para a secagem mais rápida e, depois, colá-las nas folhas de cartolina, classificando-as.

Eles ostentavam decorativas orquídeas nas lapelas.

O calor logo fez com que tirassem os casacos. Tiraram os coletes. Tiraram as gravatas. Dobraram os colarinhos das camisas, arregaçaram as mangas. Mandaram fazer camisas de linho branco. Trocaram os chapéus de feltro negro por outros, de palhinha branca, cujas abas translúcidas deixavam os rostos numa imprecisa penumbra.

A pele de Aimé Bonpland tornou-se mais escura, e a de Humboldt, vermelha como o rubor da vergonha.

Humboldt fez registros da pressão atmosférica, da temperatura, da umidade, da flora. Estabeleceu a posição exata da cidade quanto a latitude e longitude. Os mapas estavam errados.

Conheceram as onças, as cascavéis, centenas de plantas. Penetraram em cavernas, onde conheceram os guácharos, esses grandes pássaros de pios fúnebres. Escutaram os lamentos dos bugios.

Subiram montes elevadíssimos e, quanto mais subiam, mais a vegetação se parecia com a europeia.

– Explica-se – disse Humboldt. – Aqui em cima faz frio.

Embrenhavam-se nas matas adjacentes.

Eram seguidos por um grupo ruidoso de criollos, negros e índios, crianças e cães.

Aimé Bonpland mostrava-lhes as flores que eles conheciam desde que nasceram. Na mão de Aimé Bonpland e em suas palavras, todavia, elas ganhavam novos nomes. Passavam a pertencer a categorias metafísicas.

Os mais jovens corriam a colher cactos, orquídeas, glicínias roxas como as meias dos cônegos, bambus, begônias, passifloras, samambaias e extravagantes quinquinas.

Apresentavam essa flora para Aimé Bonpland como as crianças trazem seus desenhos para as pessoas mais velhas.

Gostavam de saber os outros nomes da mesma planta.

Maravilhavam-se com o timbre das palavras com que Aimé Bonpland a designava. Piscavam muito os olhos ao escutá-las.

CAPÍTULO XVIII

Aimé Bonpland, logo ao chegarem a Cumaná, esteve numa das tantas casas toleradas pelas autoridades. O cabildo cobrava-lhes taxas que revertiam, às ocultas, para o asilo das meninas mantido pela diocese de Santo Tomás de Guayana.

Essas casas sem virtudes agrupavam-se em volta do porto, e era possível escutar, mesmo à distância, cantos vadios e toques de viola. Ali se perdiam reputações e adquiriam-se todas as doenças do mundo.

Aimé Bonpland tinha uma premência, era jovem, a viagem fora longa e perigosa. Os nervos estiravam-se ao ponto do insuportável.

Em meia hora ele encontrou a quietude do corpo.

Na volta, ainda trazia, entranhado nos cabelos, o perfume de vetiver. Caminhava pela rua mal clareada por lampiões postos nas reentrâncias das paredes de alvenaria. Ele cantarolava.

Ao abrir a porta de casa, a sala estava iluminada.

Humboldt, sentado, de ceroulas e chinelas, o torso nu, com um abanico de palha afastando os mosquitos, lia um imenso volume. O casaco e a camisa pousavam no espaldar da cadeira de braços. Não ergueu o olhar quando Aimé Bonpland entrou, mas disse:

– Aimé. Pode sentar-se um pouco?

Aimé Bonpland sentou-se à frente de Humboldt. Cruzou as pernas. Viu-o fechar o livro, colocá-lo sobre a mesa e tirar os óculos, dobrando com vagar as hastes douradas e pondo-os dentro do estojo de casco de tartaruga.

Aimé Bonpland esperava.

Humboldt fixou os olhos em Aimé Bonpland:

– Aimé, meu querido Aimé, meu amado Aimé. Ninguém constrói uma teoria entregando-se sem controle aos prazeres carnais. O cérebro deve concentrar-se em suas nobres tarefas.

Antes que Aimé Bonpland respondesse, ele acrescentou:

– Mulheres são dignas do melhor tratamento social e nos fazem companhia agradável, em especial se forem inteligentes. Mas apenas os homens podem realmente nos compreender, porque são iguais a nós. Isso pode lhe parecer absurdo.

– Sim.

– Mas sei que nunca deverei controlar o que você faz. Sou condescendente e sempre lutei pela liberdade. Sou cientista. Conheço as funções biológicas. É necessário que haja os dois gêneros opostos para que as espécies sobrevivam.

– Sim.

– Peço que não tenha qualquer temor. Aprendi os prazeres da abstinência. Basta-me sua presença bonita, Aimé, sua companhia, sua voz amena e suas palavras, seu talento e sua ciência. Basta-me que seja fiel a mim e ao que construiremos juntos. Permita-me, no entanto, enternecer-me com o belo onde o encontrar.

Humboldt levantou-se, estendeu a mão.

– Fiquemos assim, para sempre?
– Sim, Alexander. – Aimé Bonpland apertou a mão de Humboldt.
Aimé Bonpland nada mais disse. Mas algo acontecera.
Na cama, esperava que viesse o sono. Relembrava esta noite, essas horas que vivera desde o entardecer.
Saiu do quarto com um lampião aceso, ganhou o corredor às escuras e parou ante a porta de Alexander.
Ainda havia luz lá dentro.
Olhou para o trinco. Sua mão fez um movimento em direção ao trinco.
Aimé Bonpland susteve o movimento.
Voltou a seu quarto, apagou a luz.
Haveria luz no quarto de Humboldt até o amanhecer.
Esses silêncios, luzes e sombras permaneceriam entre eles até a morte.

ENTREATO I

Estância Santa Ana, Corrientes, Argentina, 1858.

Carmen recolhe a cuia do mate. Vai servir mais água.

Don Amado Bonpland:

«Meu doutor Avé-Lallemant: atribuir nomes às coisas e classificá-las é a maneira infantil de tentar a dominação da Natureza. Ah, Humboldt... ele permanece um organizador. Eu, eu fui atraído por aquilo que ele chamava de superstição. As diferenças entre nós são sempre assim: passam pelo fio das incertezas, e isso ficou nítido na viagem».

– A propósito: por que o senhor aceitou viajar com Humboldt?

«Eu pensei ter sido claro. Aceitei porque ele dizia coisas que eu nunca havia escutado. Porque eu era jovem e aprendiz, e ele, mais velho e mais sábio. Eu estava completamente dominado por Humboldt, por sua segurança, seu refinamento, sua ciência. Ele era todo rico, tanto em sua apaixonada presença quanto em sua fortuna. Ele usava panos caros em sua roupa. Ele me tratava de modo respeitoso. Tinha abotoaduras de topázio amarelo. Eu queria viajar, e ele me acenava com uma arrebatadora viagem. Eu tinha certeza de que ele seria o mais completo cientista do mundo. Todo ele possuía algo que eu não possuía, inclusive o perfume de lavanda.»

Don Amado Bonpland faz uma longa reticência. Depois:

«E, por fim, ele tinha uma teoria».

CAPÍTULO XIX

Agora navegavam junto à costa, em direção a Caracas.
– Begônias e passifloras, Alexander – disse Aimé Bonpland. – Vi-as em quantidade. São as que temos em estufas, na Europa.

Humboldt observava, porém, uma formação rochosa junto à costa.

– São rochas geologicamente novas.

Poucos dias antes tiveram a confirmação de que três guias poderiam levá-los ao Orinoco.

Ao chegarem ao porto da enseada de La Guaira, as malas e os vários caixotes dos instrumentos científicos estavam danificados. Foram postos em lombo de burros.

Atingiram Caracas depois de percorrerem uma estrada, sempre a subir, até os novecentos metros de altitude. Vinham devorados pelos mosquitos e tostados pelo sol.

A capital, toda aristocrática, reunia-se em torno da catedral e da Plaza Mayor.

A carta de Carlos IV tinha efeito mágico. Eram recebidos como celebridades. A moda da botânica já atingira as Américas. Caracas possuía vários naturalistas amadores.

A sociedade local refinava-se com as polcas, as mazurcas, os quadros franceses, a ópera italiana, os livros de Chateaubriand e as coleções botânicas.

Aimé Bonpland e Humboldt participavam de festas. Jantavam nas casas dos poderosos. Muitos eram contrabandistas e cultivadores de cacau que usavam trabalho escravo. A sociedade do Novo Mundo: os brancos e ricos, os mestiços e pobres, e os negros.

Da casa que ocuparam viam toda a cidade. O ar era fresco e puro.

– Subiremos aquilo – Humboldt apontava para o Monte de La Silla, a 2,6 mil metros. – Prepare-se.

Subiram acompanhados de doze curiosos que de início acharam aquilo fácil, mas logo desistiram.

Na volta, juntaram todo o material coletado, puseram dentro de estojos fortes e os despacharam para o Jardin des Plantes. Guardaram por garantia, como sempre fariam em sua viagem, mais duas amostras de cada espécime vegetal.

Organizaram a expedição no rumo do Sul.

Para o sul ficava o Orinoco e sua misteriosa ligação com o rio Negro.

A caravana compunha-se de dezesseis mulas, seus condutores e guias.

O llano que tinham de percorrer era lento e monótono.

E era o calor, as plantações de cana e milho, os estancieiros desejosos de ouro, acreditando em lendas de feéricas pepitas. Não entendiam tanto interesse por plantas que nem serviam aos animais nem aos homens. E por que esse deslumbramento com as flores? E esses dois homens, o que são eles, abraçados a olhar o sol poente como dois enamorados, mariconas?

Aimé Bonpland e Humboldt decidiram viajar no frescor da noite. Cruzavam por llaneros típicos. Cruzavam por imensas tropas de bois. Pouco a pouco davam as costas a qualquer ser humano, casas, igrejas.

Bebiam a água quente dos charcos estagnados,

filtrada em panos que retinham rãs mortas, plantas apodrecidas, gafanhotos e dejetos de bois e cavalos.

Depois de cinquenta dias e suas noites, chegaram a San Fernando, às margens do Apure. Até então, só viajava a San Fernando del Apure quem necessitava fazer algo ali.

Mas deveriam seguir adiante, se quisessem chegar ao Orinoco.

Mandaram aparelhar um barco de treze metros, à vela e a remo. Nele, puseram um telhado de sapé. Dispensaram as mulas e metade da bagagem. Contrataram um navegador e quatro remadores índios.

Multiplicavam-se as libras esterlinas de Humboldt. Eram moedas de ouro e prata e papéis de crédito contra bancos prussianos. Suas mãos desembaraçavam-se do dinheiro como se fosse algo necessário e desprezível.

O governador da região mandou um oficial acompanhá-los.

Junto, veio o jovem Nicolas, por quem Humboldt desenvolveu uma amizade instantânea. Desenhou-o de perfil: "Veja, Aimé, a nobreza deste rosto. Que tensão, que pureza. A linha do nariz alonga-se no mesmo ângulo da testa. Poderia ser um modelo de Praxíteles".

Nove pessoas iam naquele barco. Ainda as caixas dos instrumentos científicos, as amostras, os mantimentos, os livros. As pipas de água.

A linha d'água ficava a poucos centímetros da borda do casco.

O rio Apure tem curvas caprichosas e cheias de perigo, correndo muitas vezes entre paredões ameaçadores.

Nos planos baixos, viam curiosos tapires, porcos selvagens, pássaros azuis, borboletas agitadas e macacos com a testa de pelos arrepiados.

Permanente, o pio cavo dos tucanos, expandindo pela selva um som de matracas de Sexta-Feira Santa.

Junto ao barco, ferviam piranhas.

À noite, quando tudo ficava mais calmo, era o reino dos mosquitos. Os homens queimavam ramos secos de citronela para afastá-los.

Na junção do Apure com o Orinoco forma-se um grande lago. O Orinoco, ali, é um lago imenso. A outra margem fica a dez quilômetros.

Chegavam ao verdadeiro início de sua viagem.

Agora, era subir o Orinoco selva adentro, até aparecer, como sortilégio, o canal Casiquiare, que o une ao rio Negro, que deságua no Amazonas, que tem sua foz ao Norte do Brasil.

Pensavam em entender como tudo acontece na Natureza.

Foi por essa altura que Aimé Bonpland passou a sentir intermitências de cansaço, dores de cabeça, náuseas. A malária iria acompanhá-lo até o fim da vida: um mês antes de morrer, em Santa Ana, ainda teria uma última crise. Conhecia a doença dos relatos médicos e dos viajantes que voltavam infectados para a França. Dois deles foram levados para a Charité, onde Corvisart aliviou-lhes o sofrimento com quinino.

A malária estabelece uma alternância cruel entre a boa e a má saúde. Algo dentro do corpo se desenvolve, esconde-se e retorna quando a vítima se julga curada.

CAPÍTULO XX

Humboldt, sentado junto a uma imensa bananeira, tem aberto sobre os joelhos um herbário. Veste calças claras, listradas, e tem no torso apenas um colete de cetim rosa sobre a camisa de linho.

Seu chapéu e o casaco jazem ao chão. Faz calor. Algumas gotas de suor escorrem pelos fios de cabelo das têmporas. Humboldt é um homem que, ao nascer, sabia seu lugar neste mundo.

Ele, nesta tarde às margens do Orinoco, junto a um pântano, segura, entre o indicador e o polegar da mão direita, uma amostra vegetal. É um pequeno ramo com uma flor morta.

Ele usa óculos. Seu rosto concentra-se como se esse momento fosse único na história dos homens.

Com um canivete, corta a planta do tamanho que caiba numa folha de cartolina. Começa o trabalho de preparar a planta para ser desidratada: com a pinça separa as folhas de modo a que fiquem bem abertas e deixem passar, pelo meio, o caule que contém a flor. A flor, deixa-a solta, para que possa tombar como se ainda estivesse no caule vivo.

Humboldt prepara-se para anotar a classificação daquela planta. Busca uma caderneta no bolso, folheia-a, encontra o que precisa. Delineia um breve sorriso de contentamento. Os lábios, túmidos e com a cor do sangue vivo, soletram a meia-voz um nome latino para a planta. Toma um lápis, molha o grafite na ponta da língua. Pensa um pouco, e seu olhar se perde num pássaro que voa nas alturas. Lembra-se de algo. Baixa a cabeça e, com sua letra miúda, no canto direito inferior da página, faz uma anotação.

Eu estou ao lado dele.

Eu, Aimé Bonpland, já fiz a classificação dessa planta. Alexander sabe disso.

É a *Mimosa lacustris*.

CAPÍTULO XXI

Anos depois, em Montevidéu, Aimé Bonpland respondeu a um russo:

"A selva da América do Sul? A selva da minha viagem com Alexander von Humboldt? Como posso descrevê-la, se seus ouvidos só entendem palavras europeias? É mais fácil imaginar a selva do que descrevê-la. Tudo o que o senhor pensa a respeito do mundo, tudo o que sabe de ciência e da arte, de todos os tratados filosóficos, do nome das coisas, tudo isso o senhor deve esquecer, na selva da América do Sul. Lá não há começo, não há fim. Em meio à selva, não há passado, não há futuro. Há exalações mornas. É o hálito da selva. Lá o ar é quente, espesso e viscoso. A umidade nos faz sangrar água por todos os poros. As plantas no chão, à altura das pernas, da cintura, do peito, da cabeça e sobre ela, as plantas são o abraço de um ventre impiedoso. Há as árvores desconhecidas. Imagine um choupo, triplique a altura, dobre o tamanho dos ramos. Ponha lianas penduradas nesses ramos. Faça-as balançar como se fossem serpentes. Imagine mil choupos enormes com seus ramos e lianas e serpentes e multiplique-os por um milhão. É a selva. Não tem nada em comum com as planícies do pampa. É impossível descrever a selva da América do Sul. Escutamos estalos repentinos, um crepitar. São as plantas vencendo umas as outras, na busca de um espaço à luz. Os gritos dos pássaros prolongam-se em suas elegias. Esses gritos vêm de cima, da altíssima abóbada das árvores e reverberam entre as ramagens. Animais do tamanho de anões vivem ali, e espreitam-nos. Se conseguimos vencer nosso caminho à custa do desbaste da floresta, esses animais, tímidos e ferozes, agarrando-se aos ramos, executam arabescos nas alturas e chegam sempre antes de nós. Olhamos para cima e lá estão eles, com seus olhos. No chão incerto há um rumor de vermes, como se devorassem às pressas corpos insepultos.

"Na selva sempre há odores. De terra parada, de plantas decompostas, de animais mortos. Vaga, no ar, um mormaço pútrido. Não vemos o céu, não vemos as nuvens. Escutamos os trovões e percebemos os raios que iluminam as copas das árvores. A chuva nos alcança onde estivermos. E a chuva desce pelos troncos e escorre sobre as folhas hirtas como couro. À noite, tudo muda. A selva, então, é escura.

"À noite, nada mais vemos, mas tudo escutamos. Uma fogueira é necessária, não para iluminar, mas para estabelecer a divisa entre os homens e a selva. Há animais cujas vozes são escutadas apenas à noite. São agouros. São forças dos primórdios da Criação. É impossível descrever a selva da América do Sul, meu senhor. Tente imaginá-la."

CAPÍTULO XXII

O Orinoco era um dédalo de ramificações aquáticas por dentro da selva. Os caimões mergulhavam em silêncio ao avistarem o barco. Esses enormes crocodilos apareciam depois, muito próximos. Permaneciam imóveis, apenas mostrando os olhos e as narinas. Seus olhos, à noite, eram lanternas errantes que vagavam sobre a água.

Havia o deslumbre das florestas inteiras de um arvoredo jamais visto. Dos topos dos ramos, flores delicadas de cor violeta caíam como plumas sobre os nenúfares e jacintos, formando uma lâmina ondulante às marolas do barco.

O Orinoco aperta-se em gargantas flanqueadas pelos maciços de granito das montanhas antiquíssimas. Ali é domínio das perigosas corredeiras deslizando com estrondo sobre as pedras.

O barco girava nos inesperados turbilhões, elevava-se nas coroas das ondas espumantes, caía das alturas para de novo erguer-se e cair de mais acima.

Tudo isso deveria ser vencido sem dano aos herbários, nem às pessoas e aos pequenos animais vivos e ainda sem nome que incorporavam à frota à medida que subiam o rio.

Passaram-se duas semanas, três.

Comiam peixes de diferentes espécies e todos com o mesmo sabor a barro e água. Alternavam-nos com caça de pelo e pena, que os índios traziam do bojo da floresta. Assavam-nos nas margens, em fogos custosos de acender. Os fogos desprendiam longos fios de fumaça que eram crepes de luto subindo e enroscando-se entre os ramos das árvores. Aprisionada nas alturas, fundindo-se, embranquecendo à luz coada do sol, a fumaça adquiria o corpo transparente das nuvens. Mal antevistas através dessa névoa, as árvores lembravam algo difícil de definir.

– Parecem pinturas, Alexander – disse Aimé Bonpland.

Durante a noite, ancoravam o barco junto à margem. Aimé Bonpland e Humboldt pouco dormiam. Acendiam um fogo para fornecer a luz necessária às anotações e classificações. Humboldt explicava o funcionamento dos aparelhos ao jovem Nicolas. Os homens da tripulação dormiam a seu modo, enrolando-se em panos para afastar os insetos. Esgotara-se a provisão de citronela seca.

Aimé Bonpland aprendeu logo a força do veneno curare. Com uma zarabatana lançava setas para imobilizar os animais que levaria empalhados para a França.

No entardecer de um dia esplêndido, eles escutaram o som de um sino.

Entreolharam-se. Era um primeiro sinal da Europa.

Numa ilha em meio ao rio estabelecera-se, tempos antes, uma pequena missão dos franciscanos, da qual haviam restado dois frades enlouquecidos, pela malária e pelo horror aos brasileiros. Apresentaram-se em andrajos e descalços. O altar para a missa fora construído sobre troncos de jacarandás. Um índio cristianizado servia de acólito. De uma sórdida garrafa o índio retirava dez gotas de vinho azedo para a celebração diária.

– Se seguirem o Orinoco, irão encontrar o canal Casiquiare – disse um dos frades a quem faltavam todos os dentes. – Mas cuidem-se dos brasileiros. Deus pôs os brasileiros no mundo para nos mostrar como é o diabo que vamos encontrar depois da morte.

Os frades, contudo, não mais acreditavam em Deus. Isso não os impedia de aceitarem a imortalidade de suas almas.

Aimé Bonpland e Humboldt saíram de lá com a bênção de ambos. Levavam um pote de quinino macerado.

– Bem – disse Humboldt –, esses frades são exceções da sua raça.

Trezentos quilômetros, quarenta dias depois, houve o alarido dos remadores. Aimé Bonpland, que nesse momento anotava em sua caderneta, ergueu o rosto: era o Casiquiare, logo identificado pelos homens. Humboldt sorriu:

– Espero que ele nos leve ao rio Negro. O que acha, Nicolas?

O jovem Nicolas assegurou que isso iria acontecer.

Navegaram pelo Casiquiare por dias a fio, o olhar sempre à frente da barca. As tempestades ocorriam a cada tarde, tremendas e diluviais. A água precisava ser retirada com baldes do fundo da canoa. Difícil era preservar as amostras das plantas em condições de serem aproveitadas. Elas se desfaziam ao toque mais delicado. A todo o momento era preciso coletar outras para substituí-las.

Com a alternância do sol e da água, os cabelos apodreciam. Humboldt retirava-os aos chumaços e abria as mãos no ar, vendo como voavam para o leito do rio. A torrente os levava. Eram pontos de luz dourada que iam em zigue-zagues em meio ao rasto deixado pelo barco.

Uma súbita tormenta, muito pior que todas, quase põe a perder as bagagens. Um índio caiu ao rio e foi a última vez que o enxergaram.

O jovem Nicolas agarrava-se à borda do barco. Tremia de pavor. Humboldt segurou com firmeza sua mão e disse-lhe belas palavras. Nicolas acalmou-se.

Aimé Bonpland sentiu as vistas se apagarem.

As pernas não sustentavam o corpo, e um incêndio veio por sua garganta.

Ele desmaiava – ou morria.

CAPÍTULO XXIII

Ele abriu os olhos.
Piscou-os.
Via as nuvens. Estranhava que seu corpo não mais balançasse ao movimento das águas.
Doía o ventre. Um arrepio elétrico correu pela raiz dos cabelos, desceu pela nuca e perdeu-se na coluna vertebral.
Reconheceu o cheiro morno e doce da água. Suas mãos tocaram a terra e alguma vegetação. A terra também era morna.
Ele ouvia uma cantiga dos índios.
Ela os acompanhava desde que chegaram à América. Era como um cantochão, em forma de melopeia, sublinhando os ruídos da selva.
Não compreendia as palavras, apenas os sons, que por si mesmos eram belos. Uma pavana, uma sarabanda?
Enxergou o rosto de Alexander sobre si.
Alexander olhava-o.
Aimé Bonpland sentiu que alguém, com gentileza, punha um pano frio em sua testa. Eram mãos grandes, gentis. Olhou para cima, para trás: era o jovem Nicolas. Sorriu para ele.
De um lado era a selva. Um tucano saltava de um galho em direção a outro. Fazia isso como se flutuasse.
E sempre o calor. Na outra margem do rio, uma índia olhava-os, com uma criança escarranchada em seu flanco.

– Você, Aimé, jamais pode esquecer que contraiu a malária – disse Humboldt. – Você delirava.
– O que eu dizia?
– Dizia: Dans les airs frémissants j'entends le long murmure de la cloche du soir qui tinte avec lenteur... – Humboldt suspirou. – Ah, os românticos exacerbados... possuem algum talento, mesmo o retrógrado Chateaubriand.
– Alexander, como estou?
– Teve 41 graus de febre. Suores frios. Estava amarelo como cera. O de sempre. Mesmo sonolento, você conseguiu ingerir o quinino.
– Obrigado, Alexander. – Aimé Bonpland olhou em volta. – E o rio Negro?

O movimento da mão de Humboldt conduziu-lhe os olhos em direção à abertura de um rio de águas sombrias:
– Aí está. O rio Negro. Acabamos de comprovar. O Casiquiare une as bacias do Orinoco ao Amazonas.

Humboldt dobrou os joelhos, entregando-se ao frágil abraço de Aimé Bonpland.

Permaneceram muito tempo assim.

Aimé Bonpland quis levantar-se. O jovem Nicolas segurou-o.

– Não – Humboldt foi firme. – Agora, durma. – Os dedos de Humboldt correram sobre as pálpebras de Aimé Bonpland. – Você ainda não está bom.

Humboldt ali ficou, repetindo a frase de Chateaubriand, sem cessar, sem cansar, com sua voz doce, com sua voz calma, até que Aimé Bonpland ingressou num estado de entrega e paz, livre dos martírios da consciência.

A morte, quando viesse, não seria trágica. Seria apenas esse adormecer.

CAPÍTULO XXIV

O RETORNO A CUMANÁ foi uma celebração. Humboldt pediu ao jovem Nicolas que os acompanhasse. A notícia da descoberta do canal Casiquiare chegara antes. A sociedade de Cumaná insistia em dar-lhes boas-vindas, em ouvir o relato e ver o estado em que chegavam. Dizia-se que vinham meio mortos. Queriam também saber do Casiquiare, e fingiam não acreditar para não passarem por tolos. Tornara-se moda não acreditar no Casiquiare.

– Paciência – dizia Humboldt –, precisamos disso.

Ele ficava horas a escrever notícias, despachando-as a jornais e revistas da França, Prússia e Estados Unidos. Isso ele faria sempre.

Quando regressassem a Paris, a fama iria precedê-los.

– É preciso, Aimé. O que não está no jornal não existe.

Fazia planos, com o mapa do Caribe sobre a mesa de trabalho. Em primeiro lugar, iriam ao lugar inicial de destino, Cuba; depois, visitariam os Grandes Lagos da América do Norte, desceriam ao México e, de lá, pelo Pacífico, iriam para as Filipinas. Depois veriam o que fazer.

Aimé Bonpland punha a secar as amostras vegetais no pátio da mesma casa que ocuparam na outra estada:

– Quanto tempo isso levará?

– Mais uns três anos.

Retomaram um assunto sempre pendente: o de escrever uma obra em vários volumes, *Voyage aux Régions Équinoxiales du Nouveau Continent*, ilustrado por um bom artista. Haveria mapas e desenhos das plantas coletadas, com a inclusão de um nome científico para cada uma delas. Humboldt tinha a obstinação dos que se sabem acertados. Aimé Bonpland não confiava em si mesmo. Quem sabe Humboldt escrevesse sozinho?

– Jamais, meu querido amigo. Seu nome constará na capa e na folha de rosto, junto ao meu.

– E a selva, Alexander?

– Como, a selva?

– Ela não tem simetria alguma.

No dia em que partiram para Cuba, despediram-se do jovem Nicolas. Humboldt deu-lhe seis moedas e acariciou-lhe os cabelos negros e lisos, dizendo-lhe que fosse sempre justo com a Natureza e consigo mesmo. Beijou-lhe as faces. Abraçou-o.

– Mais alguém que eu perco, Aimé. Mais uma vez, dolorosas despedidas. E todas são para sempre.

CAPÍTULO XXV

Por mais que imaginassem, Cuba jamais iria ser tão rica e populosa como de fato o era. Havana apresentava-se cheia de estrépitos, pregões, caminhos perigosos, casas senhoriais e tempestades a todo final de tarde. Ali circulava metade do dinheiro da América espanhola. Os escravos excediam o número dos homens livres. Comerciava-se qualquer coisa. Os forasteiros enojavam-se do acre cheiro do tabaco e da carne salgada. Ao redor das tiendas e junto às portas das igrejas, prostitutas arrastavam seus clientes para os becos sombrios entre as paredes contíguas dos palácios. Defendendo-se das carroças desgovernadas pelo barro das ruas, Aimé Bonpland e Humboldt caminhavam com os lenços sobre o nariz. Foram acolhidos no solar de um grande comerciante que nada mais queria além de escutar, de voz viva, as histórias dos dois aventureiros, que ele acompanhava pelos jornais. Via e revia o mapa do Casiquiare desenhado pela mão de Humboldt e, como era um simples, não duvidava de nada, ainda que fosse verdade. A mesa do comerciante possuía serviço de prata com contrastes autênticos, e a porcelana era da Companhia das Índias. Em certo momento da refeição, depois dos doces e antes dos licores, ele afastava a coberta de mesa, as porcelanas e as pratarias e dizia, enfático: "Espaço para a ciência!". Mandava vir charutos que Aimé Bonpland e

Humboldt fingiam fumar e recostava-se na cadeira de braços: "Ouçamos os sábios". Aquilo o ajudava a digerir.

Para Aimé Bonpland e Humboldt, o ato de relatar a viagem não servia apenas para deleitar o anfitrião, mas também para ordenar aquilo que era um tumulto de lugares e experiências. Na estada em Cuba, tiveram tempo para admirar-se de suas coletas de milhares de amostras de espécimes vegetais. Era preciso descrevê-las e dar-lhes um nome. Ainda havia aquilo que Humboldt considerava os faits divers da viagem, como amostras de pedras, coleções de insetos, animais mumificados, gaiolas de pássaros e macacos acrobáticos que estendiam a mão para receber um torrão de açúcar.

– Somos um circo, Aimé.

Aimé Bonpland sorria, concordando, e voltava ao quarto para seguir nas classificações. Humboldt saía a percorrer o paliteiro balouçante que era o porto com as dezenas de mastros e velas. Buscava as atualizações das tabelas de ancoragens e partidas. Procurava transporte para os Estados Unidos.

Humboldt conseguiu a façanha de demarcar a posição exata de Havana em sua longitude e latitude. Mediu a temperatura ao amanhecer, ao meio-dia e ao cair do sol. Mediu a temperatura do mar, o destino dos ventos e das nuvens.

– Tudo isso fará um sentido – disse Humboldt, abrindo o jornal.

Nesse momento, passava debaixo da janela um cortejo de negros amarrados pelas mãos, rumo ao mercado que ocorria a cada sábado sob consentimento das autoridades civis e bênçãos da Igreja.

– É indigno – disse Aimé Bonpland. – Tudo que vive merece ser livre. Isso nunca fará sentido.
– No nosso modo de entender a vida e a Natureza, nunca. – Apenas disse isso, Humboldt deu um grito, levantou-se e leu para Aimé Bonpland a notícia: afinal haviam zarpado dois navios da expedição Baudin, o *Géographe* e o *Naturaliste*. Iriam descer para o Cabo Horn e depois subiriam pela costa do Pacífico da América do Sul em direção à Austrália. Humboldt largou o jornal e foi procurar o mapa da América do Sul. – Vamos mudar os planos. Vamos nos juntar à expedição Baudin.

Fez as contas: estariam em condições de voltar à América do Sul a tempo de interceptarem, dali a um ano, a expedição Baudin na altura do Peru.

Naquela época, contava-se o tempo por longos períodos.

Apressaram as catalogações, despacharam caixotes para a Europa continental e para a Inglaterra, tudo em cargas duplas, iguais, retendo outras para seguirem na nova viagem. Boa providência: algumas cargas jamais chegariam.

Num domingo, embarcaram rumo a Cartagena de Indias, ao Norte da América do Sul. De lá iriam ao Peru.

Humboldt arrastava seu amigo para uma aventura mais do que incerta.

CAPÍTULO XXVI

Os Andes. Humboldt parou no cimo da montanha nevada. Saía vapor de sua boca. Dirigia um olhar extático à paisagem. A cordilheira à sua frente.

– Aimé, a Natureza é de uma eloquência sublime.

Não dizia das neves recortadas no céu azul, nem do vento, nem da sensação de pairar sobre o mundo, nem do condor planando entre as nuvens, nem da sucessão dos picos serrilhados que se consumiam no horizonte, mas da certeza de que jamais vira algo tão imaculado. Seu olhar aprisionava para si a paisagem, assim como fizeram os conquistadores ibéricos ao avassalarem as terras do Novo Mundo para seus monarcas.

– Precisaríamos aqui, Alexander, de um pintor.

– Não – disse Humboldt, levando ao olho direito a luneta. – A arte está realizada. Precisamos de cientistas, precisamos de nós mesmos, para mostrar que tudo isso é belo por obedecer a um princípio único.

– Continue.

– Não seja impaciente, Aimé. Você verá a glória que nos está reservada. – Humboldt repôs a luneta no estojo. – Sigamos.

E desceram em direção às mulas e carregadores.

A Cordilheira dos Andes seria a vida de ambos pelos próximos dois anos.

Iriam atravessá-la várias vezes e em todas as direções, seguindo as velhas estradas incas. Desceriam de Bogotá até Lima. Explorariam as nascentes do rio Amazonas. Veriam vulcões ativos e extintos. Subiriam ao cume do Puracé, a 4.591 metros de altitude, encantando-se com seus sulfurosos jatos de vapor. Humboldt mediria a quantidade de enxofre no ar.

Aprenderiam a falar como os locais, e os grandes os receberiam em seus palácios.

Humboldt tinha o cuidado de enviar um emissário para notificar as autoridades de sua próxima chegada. As cidades importantes os receberam com aparato devido à mais alta hierarquia civil e religiosa. Em Bogotá, o arcebispo cedeu-lhes sua carruagem puxada por seis cavalos. Entraram na cidade ladeados pela formidável escolta organizada pela aristocracia criolla. Os nobres montavam cavalos ornados com plumas. As autoridades, entretanto, permitiram que apenas Humboldt usasse a carruagem. Aimé Bonpland seguiu atrás, numa viatura que levava os funcionários do arcebispado. Humboldt desculpou-se:

– São pessoas muito ligadas às prescrições da nobreza. Jamais admitiriam que um barão fosse sentado junto a uma pessoa comum. Entre nós dois não temos essa distinção.

CAPÍTULO XXVII

Adentravam a mata cerrada em pleno coração dos Andes, no arriscado Paso del Quindío. Vinham de um longo caminho, sempre a subir, sempre com chuva, observando os bambuzais, as coloridas fúcsias, os maracujás e as orquídeas. Encantavam-se com as lhamas. Fora necessário contratar mais doze índios peritos naqueles lugares.

A mata impedia que atentassem para o solo por onde caminhavam. Enterravam os pés no húmus, ferindo-se nos tocos dos bambus. Com os sapatos rotos, tiveram de abandoná-los. Os pés logo sangravam. Enfaixaram-nos em panos e seguiram, recusando com energia a oferta dos índios para os transportarem às costas a troco de dinheiro.

A temperatura, durante a noite, descera ao ponto de congelamento. Subira, ao meio da manhã, para três graus acima de zero.

Ao saírem da mata, foram envoltos pela opaca neblina das nuvens.

Estavam a quase dois mil metros de altitude.

Então foi: através do véu da névoa, superiores a qualquer elemento da Natureza que já tivessem visto, pairavam algumas formas altíssimas e negras, como aparições de gigantescas cabeleiras flutuantes.

– Lá, Alexander – Aimé Bonpland apontou. – Veja.

Eram dezenas de palmeiras que emergiam da bruma, com folhagens que se colavam no pináculo de troncos imensos e retos.

Aquelas palmeiras, ali, não tinham qualquer sentido. Os indígenas disseram tratar-se da palmeira de cera. Dos anéis deixados pelas folhas cadentes, brotava uma espécie de resina misturada com cera que cobria todo o tronco, como um verniz. Com a cera, os indígenas faziam óleo e velas.

Humboldt perturbava-se. Palmeiras crescem em ambientes tropicais baixos.

Pouco depois Aimé Bonpland colhia as amostras dos frutos e das folhas caídas, enquanto Humboldt, sentado numa pedra, desenhava um esboço da palmeira. Levou as mãos junto ao hálito, para aquecê-las.

– Então, Aimé, que nome você daria a esta extravagância?

Aimé Bonpland pensou. De súbito:

– *Céroxilon* – do grego *keros*, cera, e de *xylon*, madeira. E, como estão nos Andes, *Céroxilon andicola*.

– Bonito – disse Humboldt. – Tirou da sua mochila um envelope e escreveu a lápis: *Céroxilon*. – Mais um trabalho para você, quando estivermos de volta. Um mistério. Não me lembro de constar em Jussieu.

Pegou o sextante, aproximou-o dos olhos, e, com vagar, assentou-o na posição. Conferiu a agulha que desliza pela meia volta graduada: 4º 35' de latitude Norte. Anotou em sua caderneta. Antes que Aimé pudesse perguntar, Humboldt respondeu:

– Uma bela teoria não pode ser destruída por uma palmeira. Ainda encontrarão outra, talvez um pouco diferente, em outro lugar do mundo na mesma latitude e altitude. E por certo que há outros fatores, embora eu não saiba, ainda, quais sejam. – Fechou a caderneta. – Vamos em frente?

Aimé Bonpland recolheu em silêncio as amostras no envelope que Humboldt lhe entregara.

CAPÍTULO XXVIII

A MAIOR MONTANHA da Terra a ser vencida. O Chimborazo, antes de medirem o Himalaia, era considerado o ponto culminante do mundo.

Mandaram fazer botas novas.

Humboldt desejava escalá-lo.

Depois de vários meses trilhando caminhos ásperos, ultrapassando precipícios na Cordilheira dos Andes, vencendo pestes, extasiando-se com a cultura dos incas, chegaram a Quito.

Hospedaram-se no solar de um marquês, comandante hostil à coroa espanhola.

Quito, cidade rica. O clima, benefício da altitude, era agradável todo o ano, mas os quitenhos procuravam esquecer-se dos sismos. Viviam como se fossem morrer no dia seguinte, com as delícias da arte e a opulência das festas. Acerca de Humboldt, assim escreveu a filha do marquês: "À mesa, ele nunca ficava mais do que o necessário para matar a fome e dirigir às senhoras as mesuras do costume. Parecia sempre feliz por estar de novo fora de casa, examinando rochas e herborizando. À noite, muito depois de todos recolhidos, ele observava as estrelas. Para nós, jovens mulheres, essa conduta era mais difícil de entender do que para meu pai, o marquês".

Pelo marquês tiveram notícias da expedição de Baudin: estava no outro lado do mundo, no oceano Índico, em rota desatinada pelos mares.

— Perdemos tempo — disse Aimé Bonpland.

Para Humboldt a solução não era lamentar-se: desceriam até Lima. Depois, pegariam um barco para o México. Não houvera erro de cálculo. Baudin é que se comportava de maneira imprevisível.

— No fim das contas, esse percalço vai resultar em algo bom.

Mas antes, o Chimborazo.

Antes do Chimborazo, escalaram o vulcão Pichincha. No pico do Pichincha, a terra tremeu, os vapores de enxofre deixaram-nos atordoados. Ao fundo da cratera havia misteriosas chamas azuis. O Pichincha não estava inativo, como pensavam os habitantes de Quito.

A terra nunca está morta, pois dela viemos e nela vivemos. "A Natureza não é um aglomerado morto, a Natureza é a força originária do mundo, divina e sempre criadora, que gera todas as coisas a partir de si mesma e as produz já ativas" — assim escreveu Humboldt em sua caderneta.

CAPÍTULO XXIX

Dirigiram-se ao monte Chimborazo sem nenhuma garantia de retorno com vida. Iam com uma dezena de carregadores incas.

Acima dos quatro mil metros começaram a sentir a intensidade do frio e a rarefação do ar. Suas roupas, de andar na cidade, revelavam-se leves demais. O fino solado de couro das botas de cavalgar deixava sentirem as saliências do terreno. Não usavam luvas, nem grampos, nem cordas de segurança. Apenas os martelos de geólogo.

A temperatura caía.

Pisavam sobre a neve, escorregavam, tombavam, erguiam-se.

As mãos de Aimé Bonpland sangravam. Estavam roxas.

Os joelhos rasgavam-se no gume das rochas sob a neve. Aimé Bonpland teve forte hemorragia nasal. A neve manchava-se de gotas de seu sangue.

Os guias índios debandaram um a um, atacados por náuseas e tonturas. Era o temido *soroche*, que os homens de Pizarro experimentaram em suas primeiras investidas nas alturas.

Foram retidos por uma fenda de quinze metros de largura, e tão profunda que não avistavam o final.

A temperatura descera a três graus abaixo de zero, agravada pelo vento.

Humboldt disse:
– Aimé – ofegava. – Retornemos, antes que morramos. – Tirou o barômetro da bolsa de lona. Limpou o tampo de vidro com o punho da camisa. Fez alguns cálculos mentais. – Enfim – disse, agora com solenidade –, 5,8 mil metros. – Ofegava. – Jamais um ser humano chegou a esta altitude.

Aimé Bonpland atraiu-se por uma inacreditável borboleta de asas amarelas, pousada na ponta de um calhau negro que emergia da neve. Fez um gesto para pegá-la e mostrá-la a Humboldt.

Deixou-a voar.

Acompanhou seu voo incerto até vê-la sumir numa dobra da montanha.

Aquele fato, ele o guardaria como um segredo.

A descida, tão perigosa quanto a escalada, realizou-se sem se falarem.

Humboldt ocultava seu cansaço.

Ao pé da montanha, cumprimentaram-se.

– Se mais nada fizermos nesta viagem – disse Humboldt –, já estaremos com nossos nomes na História. E agora – Humboldt seguia – voltemos logo para a estalagem. Tenho de escrever uma nota para os jornais.

Explicou:

– Na verdade, Aimé, esta escalada serve para que as pessoas deem atenção ao nosso trabalho. Elas irão encantar-se com a conquista do Chimborazo e, no meio disso, aprenderão tudo que queremos que aprendam. O canal Casiquiare, o Chimborazo, tudo isso é apenas o lado espetacular de nossa expedição. Quando voltarmos cobertos de prestígio por essas razões secundárias, as pessoas estarão prontas para aceitarem as nossas ideias, bem mais sérias que uma montanha ou um canal.

A ascensão ao Chimborazo, propagada pela imprensa europeia, fez com que Humboldt se transformasse em celebridade imediata, mais do que a obtida com sua posterior fama de metódico cientista. As pessoas juntavam todas as notícias sobre Humboldt e as mandavam encadernar na forma de volumes sucessivos e numerados.

Era lido desde a Rússia até Portugal.

Era lido nos Estados Unidos e Canadá, no México e em Cuba. Nada escapava ao vulto gigantesco de Humboldt, que começava a projetar sua imensa e poderosa sombra.

CAPÍTULO XXX

O TÃO DESEJADO oceano Pacífico. Os viajantes ansiavam por suas ilhas, sonhavam com as narrações do capitão Cook, com as descrições do Taiti feitas por George Forster.

Humboldt sonhava com o Pacífico desde criança. Sempre para o sul, chegaram ao Peru.

Caminharam e cavalgaram, seguidos pelos almocreves e seus asnos, através de chapadões a três mil metros de altitude, submetidos a tempestades de neve e granizo. Cruzaram 27 vezes o sinuoso Huancabamba, que se liga ao Amazonas. Embarcados em singelas canoas, desciam impetuosos cursos de águas.

Exploraram as nascentes do Amazonas.

– O Amazonas nos persegue, Aimé. Desde o Casiquiare.

Chegaram a Cajamarca, onde o império inca prostrou sua honra e riqueza aos pés de Pizarro.

Viram o Pacífico já antes de chegarem a Trujillo, a etapa precursora de Lima e Callao, o porto que lhes abriria o caminho para o México. Depois, para as Filipinas e de volta, dando uma volta ao mundo, à França.

Lima, dos palácios, da Plaza Mayor e seus prédios de cor ocre, sua pesada catedral. Lima, das casas com um andar superior de madeira recoberta de gesso, para não desabarem nos terremotos.

Nada disso os impressionou.

– Esta cidade me encanta e me oprime, Aimé. Retornemos à Natureza. Desçamos.

Em Guaiaquil conseguiram embarcar.

A viagem até a Nova Espanha, ou México, deu-se em 33 dias.

Mais uma vez o mar, desta vez revolto todo o tempo. Ali Humboldt mediu a temperatura e a densidade de uma corrente marítima, que logo seria conhecida como Corrente de Humboldt. Já em vida de Humboldt chamavam-na por esse nome. Ele detestava essa liberdade que tomaram com seu nome.

CAPÍTULO XXXI

Nas terras dos antigos astecas. Em Acapulco extasiaram-se com os penedos altíssimos. Humboldt descreveria a Cidade do México como a Cidade dos Palácios. Ali Humboldt deliciou-se com a biblioteca. Visitaram a Academia de Belas-Artes. Depois, o Jardim Botânico. Lá, Humboldt abanou a cabeça:
— Um jardim botânico nas Américas é uma redundância.

Na antiga Tenochtitlán, viram a opulência das avenidas e dos edifícios públicos, parques, igrejas e palácios particulares, mas, em especial, das pirâmides do Sol e da Lua.

Humboldt desenhou o retrato colorido de um indígena junto a uma pirâmide. Esse retrato foi perdido em Paris.

Da cidade do México partiram para expedições às minas de prata e ouro, ao esplêndido vulcão Jorullo e às ruínas. Humboldt desenhou as estátuas de antigos sacerdotes.

Aimé Bonpland afastou-se para percorrer um caminho aberto pelas rodas das carretas.

Algo vermelho e forte o atraiu.

Flores à margem da estrada.

Colheu uma haste com várias flores. Eram inquietantes, quase impudicas. Tinham um perfume pastoril.

"Eis: uma *Lobelia fulgens*." Dessa flor não apenas colheu uma amostra, mas várias mudas.

A *Lobelia fulgens* pertenceria à sua vida de uma forma que jamais poderia imaginar.

Em três meses haviam embalado em caixotes e descrito tudo o que haviam coletado até então: amostras de plantas, exemplares geológicos, carcaças embalsamadas de animais, esculturas astecas. Aimé Bonpland, num domingo em que Humboldt julgara sua obrigação comparecer a uma reunião da academia, foi olhar todo o material, acomodado no salão da casa que haviam tomado em aluguel. Era uma montanha formada por caixotes que iam até o teto. A viagem estava toda ali. Pouco, muito? O suficiente para a glória de Humboldt?

Humboldt, ao acordar-se num sábado, disse a Aimé Bonpland que havia pensado muito durante a noite. Desistira de seguir para as Filipinas. Ainda havia a percorrer algumas paisagens no Novo Mundo.

– E além disso, Aimé, poucos dos nossos instrumentos ainda funcionam. Vamos de novo para Cuba, e depois visitaremos meu amigo de Paris, Jefferson, agora Presidente dos Estados Unidos. Depois dos Estados Unidos, devemos voltar para a Europa.

– Você precisa descansar?

– Tenho toda a eternidade para descansar. Precisamos voltar para que o avanço da ciência, ocorrida nesses cinco anos, não nos transforme em ignorantes.

– Sim.

– Sim. E o principal: já tenho tudo de que preciso.

– E quanto à *Céroxilon andicola*?

– Deixe-me pensar nela. Ainda não faz sentido.

CAPÍTULO XXXII

Estavam mais uma vez em La Habana. Olhavam o mar do Caribe. Naquela tarde, traçaram planos para publicarem todas as suas observações. Seriam vários volumes, cada qual dedicado a um aspecto do Novo Mundo: a geografia, a botânica, a zoologia.

O primeiro volume seria escrito por Humboldt, que contaria a viagem e todas as medições que fizeram. O das plantas tocaria a Aimé Bonpland.

Aimé Bonpland então soube que essas observações escritas em vários volumes seriam apenas a preparação para o grande livro que Humboldt idealizava.

O título conteria uma palavra única, soberba e majestosa.

Esse título resumiria tudo o que existe na Terra e no espaço.

O título seria: *Cosmos*.

Aimé Bonpland olhava para Humboldt. Teve a consciência de estar ao lado do maior e mais completo cientista que a cultura jamais produziu.

Mas ao mesmo tempo ele soube qual seria seu papel, daí por diante, ante a luz que emanava de Humboldt.

CAPÍTULO XXXIII

O NAVIO CONCEPCIÓN ingressou no rio Delaware. Estavam na Filadélfia, a cidade das torres.
Numa tarde, sob o sol de maio, foram a uma sessão da American Philosophical Society.
Na Biblioteca Pública, no setor de revistas científicas e jornais, eles tomaram conhecimento de suas vidas a partir do momento em que partiram da Europa. Uma das coleções chegara a salvo a Paris.
Conheceram sua fama. Na Europa, as pessoas faziam reuniões de leitura das suas notícias nos jornais e admiravam-se com as gravuras coloridas do monte Chimborazo e do canal Casiquiare.
Foram de diligência para Washington.
O Presidente Thomas Jefferson recebeu-os para um almoço na Casa Branca.
Hospedou-os em Monticello, seu palácio, ainda sem a cúpula pseudopalladiana. Fazia-os falar e repetir tudo o que tinham visto e experimentado desde o início da viagem.
Na horta do palácio discutiram sobre a denominação erudita das plantas, e seus usos. Jefferson era mais um amador de botânica.
– Para mim – disse – as plantas servem para alimentar, curar e embelezar.

Nessa época, as pessoas célebres faziam frases sobre as plantas.

Era pleno verão quando Aimé Bonpland e Humboldt partiram para a França.

Em seu périplo, haviam percorrido dezesseis mil quilômetros.

CAPÍTULO XXXIV

Fazia bom tempo ao desembarcarem no porto de Bordeaux. Eles eram, dentre todos os cientistas do mundo, os que mais sabiam acerca da Natureza. Fora uma afortunada viagem de regresso. Aimé Bonpland passara a maior parte do tempo em sua cabine, fazendo-se entender nas milhares de notas apressadas. Preparava-se para escrever seu livro, que teria por missão inserir aquelas plantas dentro do pensamento de Humboldt.

Humboldt começara a escrever a sua parte, recuperando todos os passos da narrativa da viagem e conferindo suas medições. Ficava com o candeeiro aceso até a madrugada. Quando Aimé Bonpland vinha ao convés, para aspirar o ar da noite, via a fresta de luz por debaixo da cabine de Humboldt.

A sociedade acolheu os passageiros como saídos de uma lenda. Enquanto viajantes comuns traziam triviais malas, sacos e pacotes, agora eram dezenas de caixas de madeira, retangulares, de todos os tamanhos. Nas tampas estava gravado a fogo: M. von Humboldt & M. Aimé Bonpland. Paris.

Eles falavam da América do Sul, de Cuba, do México, de cores, de texturas, dos sons da selva, de aromas. Falavam de macacos.

Respondiam com paciência a perguntas bobas.

Num jornal: "A segunda descoberta da América".

As árvores da França de súbito tornaram-se pequenas. As casas, também. O horizonte, também. Os cheiros domésticos, entretanto, retornavam: da vinha, das castanhas assando na grelha, do toucinho pendurado à porta dos restaurantes baratos. O cheiro das sopas. O cheiro da Europa.

Ao pisar o solo, Aimé Bonpland teve a certeza de que não retornava para sempre.

A América do Sul entrara em sua carne.

O homem que partira para a viagem, há cinco anos, voltava com ilusões e malária.

A malária, longe de ser um mau periódico, era o sinal da América, que não saíra de seu corpo.

Os jornais diziam o que sabiam e o que não sabiam. Afirmavam que ambos haviam escalado até o cume o monte Chimborazo.

Os salões, que retomavam sua importância de antes da revolução, fizeram uma lista de precedências para recebê-los.

Humboldt, com pressa, pegou o caminho para Paris.

No terceiro dia, Aimé Bonpland jantava em casa, em La Rochelle.

O rosto do irmão não era bom, nem as notícias. Morrera a mãe. O pai fora viver com a filha, já casada. Ele morreria pouco depois. O irmão reprovava-o pela falta de notícias.

Aimé Bonpland foi ao quarto da infância. Nada mais havia de antigo. Lembrava-se da voz da mãe, chamando-o para ir à escola. Havia, ali, algumas treliças de arame encostadas à parede, duas cadeiras sem o assento, um fio pendurado de um extremo ao outro. Na época em que habitara aquele aposento, ele acreditava no caráter simples de sua sabedoria.

No chão, uma ratoeira armada. Aimé Bonpland olhou pela janela. Ali estava seu irmão, que prosseguia as censuras. Recriminava Aimé por estar queimado pelo sol, como um selvagem. Perdera o refinamento francês. E esse alemão, quem era, e que gênero de amizade mantinha com ele?

Aimé Bonpland pegou o chapéu e o enterrou na cabeça.

Caminhava pelas margens do rio. A neblina apagava a imagem dos barcos. Aimé Bonpland tinha o olhar entre os juncos, entre as árvores da margem. Foi à ponte de pedra, atraído pelo seu pitoresco. Parou sobre o arco maior. Apoiou-se no parapeito.

Todos o diziam entusiasmado pelo retorno.

Ele sabia do engano. Voltava para a Europa por uma decisão de Humboldt, que estava impaciente para começar a escrita do *Voyage aux Régions Équinoxiales*.

Um livro não substitui a vida. Qualquer livro sempre é um necrológio, um inventário. Depois de um livro publicado, cessa a busca que levou o autor à sua escrita. Nas estantes das lojas, o livro torna-se algo mesquinho. Enquanto o livro permanece na gaveta de quem escreve, estará a salvo. Mas essas coisas não interessavam a Aimé Bonpland e a Alexander von Humboldt.

Aimé Bonpland enviou para Paris seis mil amostras de plantas em centenas de herbários. Ele deveria selecioná-las, descrevê-las, classificá-las. Era sua tarefa. Humboldt iria encarregar-se das coisas que podem ser reduzidas a um número.

— E não se preocupe com o pagamento da impressão — dissera Humboldt. — Ainda me restam recursos.

Aimé Bonpland deixara-se levar pela exuberância de Humboldt. Assumira compromisso. Estava preso a esse compromisso. A Europa inteira esperava esse livro.

Humboldt repetiu:

— Nós dois assinaremos na folha de rosto. Na lombada aparecerão, em letras de ouro, Humboldt e Aimé Bonpland.

E assim foi.

A introdução do primeiro tomo, contudo, abriria usando uma intrigante primeira pessoa do singular.

CAPÍTULO XXXV

Ao CONTRÁRIO de La Rochelle, Paris estava ainda maior. Respirava-se o ar imperial que iria dominar a cidade por mais de uma década. A grandeza estava não só nos projetos para a sagração de Napoleão Bonaparte, mas também na cômica ostentação dos parvenus.

Aimé Bonpland e Humboldt faziam infindáveis peregrinações pelos salões com o chão recoberto de travertino italiano, e suas paredes, de boiseries representando jarrões de flores. Era a primeira vez que Aimé Bonpland entrava nesses palácios, dos quais apenas enxergava, da rua, os lustres iluminados.

Entre a escolha de um vestido para usar na sagração e uma taça de chocolate, as damas atraíam-se pelos dois homens que falavam de coisas apenas vistas nas ilustrações dos livros. Seus maridos mostravam-se também atentos. Recostavam-se melhor para escutarem. Alguns recolhiam para si o que pensavam acerca daqueles dois homens sempre juntos. O barão prussiano era o mais elegante, com gestos maneirosos. O homem de La Rochelle – bem, esse era francês.

As poltronas, os sofás, e mesmo o novíssimo récamier eram talhados na imitação dos móveis romanos. Vivia-se a Roma histórica, com suas coroas de louros e as obras neoclássicas de David, o pintor que transitou sem dificuldade ideológica da revolução para o império nascente. Era a época dos banqueiros e das pessoas que haviam enriquecido com as guerras. A botânica seguia a grande moda, junto com os altos colarinhos e os imensos laços de tafetá que estrangulavam os pescoços.

Começavam a circular gravuras, vendidas a dois francos pelos bouquinistes, em que Aimé Bonpland e Humboldt apareciam em plena selva. Eram reconhecidos nas ruas e nos cafés.

A visita ao Jardin des Plantes foi realizada com algum constrangimento. Os sócios do Musée envergonhavam-se de não terem sabido da viagem desde o início, mas eram orgulhosos o bastante para reconhecerem esse fato.

Numa tarde preciosa, de céu impecável, eles caminhavam sob as arcadas do Palais Royal, que deixava de ser um barulhento palco de prostitutas e gigolôs.

Os castanheiros revestiam-se de folhas.

As histéricas pregações de Camille Desmoulins eram coisas de um passado que todos queriam apagar.

Humboldt chamara Aimé Bonpland para uma conversa. Dissera-lhe que era hora de sentarem a cabeça. Napoleão construía seu império, mas eles construiriam algo superior a todos os impérios que a humanidade conhecera. Deviam começar de imediato a escrita.

Aimé Bonpland viu-o ampliar suas ideias. Um livro com ilustrações – em preto e branco, por uma questão de custo – dos melhores artistas. Todos os jornais europeus seriam avisados do projeto, de modo que, ao ser lançado, seria um êxito imediato. Mas antes era preciso sacrifício e esquecimento.

– Uma obra, meu querido Aimé, é construída no silêncio, nas horas roubadas do sono, das diversões, da comida e da bebida. Lembre-se do que já lhe disse: um homem deve negar suas paixões e suas inclinações sexuais, se quiser deixar seu nome para a imortalidade. Mesmo que isso signifique mutilar uma parte de si mesmo.

Aimé Bonpland quis saber quanto tempo despenderiam naquilo. Humboldt suspirou. Disse:

– A vida inteira, Aimé.

Aimé Bonpland sentiu um espasmo no fundo do estômago.

Uma vida inteira.

Aimé Bonpland não queria trabalhar uma vida inteira apenas para construir sua glória.

Ele soube, nesse momento, que algo não seria como Humboldt pensava.

CAPÍTULO XXXVI

Aimé Bonpland alugou para si um apartamento na estreita rua Monsieur le Prince, próximo ao Panthéon. As duas janelas da frente ficaram vedadas pelas caixas com os herbários. Apenas a janela do gabinete de trabalho, que se abria para o pátio interno, deixava passar alguma luz.

Havia lagartos empalhados sobre o piso, cobras em frascos de vidro nas prateleiras, borboletas em mostruários envidraçados. Do teto pendiam dois tétricos guácharos com as asas abertas. Pendiam corujas que, sem seus imensos olhos, eram trágicas visões da noite. O apartamento cheirava a erva, pano velho, jornais podres, couro malcurtido e carne deteriorada.

Uma das mulheres que Aimé Bonpland levou ao seu apartamento nem tirou o capote, parando na soleira da porta: "Isto me dá pavor na alma". E desceu correndo as escadas.

No dia 12, Aimé Bonpland sentou-se.

Afastou tudo o que estava sobre a mesa.

Pegou uma resma de papel em branco, formato in--quarto.

Ajustou acima dos olhos uma pala de cartão forrado de tecido, presa com uma fita em volta da cabeça. Isso iria concentrá-lo no trabalho, protegendo-o da atrativa luz solar.

Afiou várias penas de escrever. Abriu o pequeno frasco com tinta da Turquia.

Eram gestos de velho.

De repente, aos 32 anos, sentia-se velho. Viveria muito mais, mas agora se sentia velho.

As responsabilidades dos velhos são sempre tremendas, pois tudo o que fizerem é sob o olhar da Morte.

Ele escreveu na primeira folha: *Plantes Équinoxiales Recueillies* au Mexico, dans l'île de Cuba, dans les Provinces de Caracas etc., ... et de la Rivière des Amazones.

Pegou um envelope pardo. Na letra suave de Humboldt, ele leu: *Céroxilon*. A anomalia, o inexplicável. Começaria por ela.

Abriu o envelope.

Aimé Bonpland sabia que, com eles, começava uma nova era no conhecimento, e Humboldt poderia comprovar, a todo o mundo civilizado, que a Natureza era um belo equilíbrio de forças que agiam umas sobre as outras. Ele, Aimé Bonpland, deveria ser um dócil participante da revelação dessa beleza.

Do envelope ele retirou outro, menor, onde estavam algumas sementes e uma folha de papel com o esboço que Humboldt fizera da *Céroxilon*.

Olhou-o com muito vagar.

Então escreveu: Ceroxilon. *Ordo Naturalis*: PALMAE. *Character Genericus*: *Habitus*. *Caudex simplex; Folia pinnata; Spandix paniculatus. Palma excelsissima.*

Gostou do aumentativo sintético que criara.

Assim trabalharia por meses, nesta e noutras amostras, esquecendo-se de comer, de dormir, vendo a sucessão dos dias como um êxtase orgástico que o deixava atordoado e sem forças.

Humboldt chegou ao apartamento de Aimé Bonpland. Bateu duas vezes à porta com o castão da bengala. Trazia-lhe a notícia: conseguira que ele, Aimé Bonpland, fizesse uma conferência no Institut de France. O tema? Ele poderia escolher.

Aimé Bonpland disse que falaria sobre a *Céroxilon*. Seria uma grande novidade.

– Não, Aimé, é muito cedo para isso – Humboldt sentou-se. – É muito perturbador.

Aimé Bonpland insistiu: ou falava sobre a *Céroxilon* ou não falava.

Um mês mais tarde, Aimé Bonpland dissertava aos acadêmicos do Institut acerca de uma palmeira altíssima, que produz cera, que habita no vale de Quindíu, nos Andes, a quase dois mil metros de altitude.

Humboldt, na plateia, assistiu. Seus braços mantiveram-se cruzados. Por vezes olhava para a janela.

Aimé Bonpland, naquela hora, sabia o pensamento de Humboldt. Ao final da conferência, aceitou os moderados cumprimentos dos acadêmicos e o "bravo!" de Humboldt.

CAPÍTULO XXXVII

— Eu tenho o desgosto por companhia — disse Aimé Bonpland a alguém. — Confundo os nomes científicos. Meu dicionário de latim está com as folhas gastas. Minha vida começa a gastar-se.

A malária fazia com que dissesse coisas tolas. Febre, náuseas que levavam a vômitos, eram episódios que duravam dias, findos os quais Aimé Bonpland precisava tomar vários banhos para livrar-se do visco febril preso à pele. Humboldt trazia-lhe roupas novas.

— Minha vida começa a se consumir, Alexander. Jamais publicaremos esses livros.

— Você está cansado, repouse por um tempo. Além disso, por que esperar para publicarmos os livros completos? Imaginei uma forma de manter atenção do público. Publicaremos fascículos, que depois sairão em livro. Você começará a publicar desde logo os fascículos das *Plantes Équinoxiales*. Eu também começarei a publicar em fascículos a minha parte.

— Tudo pelo público.

— Não vulgarize minha intenção, Aimé. Não é apenas pelo público, é pela ciência. Famosos já somos. Precisamos, agora, ser respeitados.

CAPÍTULO XXXVIII

Atapetando as vitrines dos livreiros do Quartier Latin, levados pelo correio às províncias, os fascículos ilustrados das *Plantes Équinoxiales* eram comprados sem muito critério pelos curiosos. Liam-nos em voz alta nos salões. As escolas católicas, em atenção ao interesse científico, ensinavam-nos a seus alunos para louvarem a perfeição da Obra Divina. Os professores de latim elogiavam a perfeição linguística.

As moças dos internatos liam os fascículos nos momentos de pausa dos estudos. Liam e guardavam-nos entre capas de papelão, para depois mandarem encadernar.

O nome em voga, porém, era o de Humboldt.

Ainda que os mais patriotas insistissem em saudar o nome de Aimé Bonpland, prevalecia o de Humboldt. Era o mais assíduo nos jornais e nas conferências.

Vendiam-se fascículos também na Alemanha, na Rússia, na Suécia e na Dinamarca. Navios levavam-nos para os Estados Unidos e Canadá.

Os sete mil francos das primeiras vendas foram divididos entre os dois. Humboldt assim o quis: "Eu tenho o dinheiro que você não tem. Aceite".

– Além disso – acrescentou – assim você se compromete com nosso projeto. Não é mesmo?

ENTREATO II

Estância Santa Ana, Corrientes, Argentina, 1858.

Avé-Lallemant:
— Se pudesse resumir o que o senhor ganhou nessa longa viagem com Humboldt, o que o senhor diria?
«Conheci, em toda a sua força, os três reinos da Natureza. É curioso chamar de 'reinos' a essas grandes divisões: mineral, animal, vegetal. Num reino há um rei, que tudo comanda; na Natureza não há reis, apenas súditos abandonados a uma vontade confusa e, no entanto, esplêndida. Talvez por isso o desejo de Humboldt, de ir contra o caos. O caos domina a Natureza. Humboldt nunca se entregou a essa ideia. Não por nada que ele escreveu o livro mais importante do século e chamou-o de *Cosmos*, que está aqui na prateleira, veja.»

PRISÃO DE VIDRO

Porto Alegre, Província do Rio Grande do Sul, Império do Brasil, 1849.

O homem velho, trigueiro, rude, calçando botas sujas, com esporas de prata, adentra o portal da Santa Casa de Misericórdia.

A Santa Casa demarca-se no cimo de um descampado, fora dos muros da cidade. É um prédio branco, cuja suave horizontalidade perturba-se pela torre da capela.

Choveu durante a noite e parte do dia. As poças de água refletem o enfermo sol do inverno. Mais tarde o vento minuano limpará o céu. Amanhã a água dos bebedouros congelará na superfície.

O homem veste um poncho de lã crua, forrado de feltro azul, com as abas recolhidas sobre os ombros. Assim fazem os gaúchos, quando estão na cidade.

Ele procura um médico.

Sofre. O rosto contrai-se. O olhar é fixo, abismado em seu tormento.

Sua grosseira aparência, de mais perto, transforma-se: é um refinado homem do mundo. Tira o chapéu redondo, de barbicacho, e estende sua amarelada carte de visite ao homem da portaria: Aimé Bonpland. Médecin.

Foram os anos de vento e granizo, foram as décadas no pampa que deram à pele essa cor de cobre e essa rigidez do couro, próprias de um camponês.

Muito viveu, com saúde indestrutível.

Nas últimas semanas ele sofre.

Desde que iniciou sua viagem de seiscentos quilômetros de São Borja até Porto Alegre, ele não se reconhece. Está fatigado pela longa cavalgada, pelo sacolejo das diligências, por dormir ao relento, por comer mal. Mas uma coisa é estar cansado; outra, doente.

Seu aparelho urinário, até então silencioso e fiel, transformou-se num suplício. Desde ontem não elimina os venenos do sangue. Paralisou-se.

Seu baixo ventre se dilata e ferve como uma caldeira.

Aimé Bonpland é conduzido pelos corredores recendentes a formol.

Meia hora mais tarde, está à frente do doutor Jean Martin, que também é médico, também francês. Há inúmeros franceses em Porto Alegre. A rua principal tem mais de uma dúzia de lojas francesas, que no 14 de Julho hasteiam a bandeira tricolor. São patriotas escorraçados pela Restauração; há outros, porém, que vivem de expedientes confusos e vão para a cadeia.

Mas agora o doente já foi examinado pelo doutor Jean Martin, e já explicou por que está em Porto Alegre.

Conversam junto à janela.

Decidiram passar uma sonda pela uretra.

A introdução de uma sonda uretral é a maior tragédia que pode suceder a um homem. Não há nenhuma disponível na Misericórdia. O protético em serviço, com urgência, confecciona uma cânula de cobre, que servirá como sonda.

Aimé Bonpland está de pé. O riso discreto oculta o travo da dor.

O poncho está sobre a cadeira. Cai um raio de luz sobre ele, erguendo um odor animal. É o cheiro que o paciente bem conhece. É o cheiro de suas ovelhas.

Aimé Bonpland fala.

«O senhor meu colega me pergunta coisas antigas. Napoleão e outras coisas. Tentarei respondê-las. Algumas o senhor terá de imaginar. Mas antes disso: está o senhor seguro de que esse protético seja habilidoso? Minha bexiga pode se desintegrar. Posso ter um ataque de uremia. Posso morrer. E preciso me apresentar ao consulado francês de Montevidéu.»

– Montevidéu pode esperar – diz o doutor Martin. – Apenas quero distraí-lo da dor, quando lhe peço que fale. Retomemos o que dizia sobre Napoleão Bonaparte.

O doutor Martin usa óculos amendoados, e o cabelo reparte-se ao meio. Não impressiona por nenhum aspecto. Quem o vê pensa que já o conhece.

«Então», diz Aimé Bonpland, «o senhor meu colega insiste em que eu conte mais fatos a respeito de Napoleão. Não consigo chamar esse homem senão de Le Petit Caporal, no sentido desagradável do termo.»

– Pois eu o chamo de Ogro. Ele não passava disso.

Aimé Bonpland já sabe que seu compatriota vivera por lugares de existência mítica, como o Ceilão, a Capadócia e Tanger. Perdeu fortunas e ganhou-as. Pertenceu ao corpo médico que serviu nas tropas francesas em Waterloo. Deve ser por isso que deseja saber tanto sobre Le Petit Caporal. Sua história é confusa. Ainda é solteiro.

Aimé Bonpland:

«Irei satisfazer-lhe a curiosidade. Com licença, que vou me apoiar neste parapeito. Foi numa festa, oferecida pela condessa Dervieu du Villars, que conheci pessoalmente Le Petit Caporal que, como o senhor sabe, era impaciente, era tímido e ríspido, irônico. Tinha um grande mal: obedecia de maneira implacável à biografia que traçara para si próprio.»
– Que mais?
«Nessa festa, Humboldt e eu fomos apresentados também à Imperatriz Josefina.»
– Ah! – diz o doutor Martin, fingindo ser um nome inesperado – Josefina.
«Ela quis saber pormenores da nossa viagem, quis saber por que não fôramos à sua adorada Martinica e demonstrou conhecer as descrições das plantas do meu fascículo. Le Petit Caporal, ao ver sua esposa ocupada com outro que não ele, atravessou o salão batendo o salto das botas no piso de mármore. Impaciente, perguntou-me, as mãos às costas, se eu gostava de flores. Eu não apenas gostava de flores, respondi ofendido, mas era formado em medicina e era botânico. Ele não me escutava mais. Caminhava de volta a umas jovens da sociedade. Retornou no meio do trajeto, voltou até mim e me disse, agora agressivo, 'minha mulher também gosta de flores'. Não era um homem simpático, o que vim a confirmar depois.»
– Era o Ogro.
«Humboldt, no outro lado do salão, cercado de toda a corte que o adorava, e era um homem encantador, me dizia com os olhos espertos e um erguer de ombros que tínhamos de suportar aquelas chatices, afinal éramos viajantes famosos. Bom Humboldt. Naquela festa, eu prometi

e, uma semana depois, mandei entregar a Josefina, na Malmaison, alguns bulbos e sementes da América do Sul.»
— Escute. Fale mais sobre Josefina.
«Por quê? O que lhe interessa Josefina? O senhor me pediu para falar sobre Napoleão. Josefina era a Imperatriz, não lhe basta? Está nos livros de história. Sua tática, doutor, de me manter ocupado, não funciona. Por enquanto ainda posso suportar, mas esta dor torna-se cada vez pior.»
— Talvez eu tenha algo para ajudar, antes da passagem da sonda.
«Então não esqueça, por favor. Bem. Passado um tempo em que me ocupei em classificar minhas plantas e em escrever os fascículos, Humboldt e eu estávamos na Malmaison, a pedido da Imperatriz. O convite chegara num envelope lacrado com o selo imperial. Tenho até hoje esse convite. Está na minha estância de São Borja, na divisa com a Argentina. Escondi-o no galpão onde ficam os arreios e o charque.»
— Estranho.
«Homens estranhos têm sempre coisas perdidas pelos cantos. No dia em que fomos à Malmaison, Josefina levou-nos ao parque atrás do palácio. Meu amigo Humboldt, eterno distraído das tentações femininas, caminhava a nosso lado. Sua atenção concentrava-se nos espécimes da flora. O parque era traçado com desconcertante assimetria. Era anárquico, sem as linhas retas nem as curvas barrocas dos jardins franceses. Num recanto escondido, à moda dos pleasure grounds ingleses, ela mandara construir uma ruína representando uma torre fendida de cima a baixo, tomada pela vegetação. Josefina, anteriormente viúva de político guilhotinado pela revolução, Josefina,

ex-amante de vários dignitários do Diretório e do Consulado, mãe de dois príncipes já adultos, tinha, entretanto, pequenos seios de virgem. As curvas da cintura davam-lhe o contorno rijo de uma urna grega.»

Aimé Bonpland observa o efeito dessas últimas palavras. O doutor Martin baixa os olhos.

«Josefina então nos levou a visitar sua estufa de aclimatação, um palácio construído apenas para isso, a quinhentos metros da Malmaison. Um palácio ao gosto da época, decorado à romana. Os salões tinham paredes de vidro que permitiam a vista interior da estufa. Uma estufa enorme, aquecida a carvão como a do Jardin des Plantes, e a maior da Europa.»

– Todos sabiam disso.

«Pois bem: Josefina levou-nos à estufa. Dentro, uma profusão de plantas arranjadas em aparente descaso. A cada metro, jarrões de alabastro. Esculturas de mármore, repuxos de calcário. Nas colunas enroscavam-se trepadeiras que chegavam ao telhado, espalhando-se como serpentes. Levou-nos às suas bromélias e orquídeas. Mostrou-nos a florescência dos bulbos que eu lhe mandara. Eu fixava aquele pequeno dedo indicador em que brilhava um diamante. Ela mostrava o resultado das sementes e bulbos.»

– O que importa essa descrição?

«Importa porque eu fiquei perturbado pela presença da Imperatriz. Na festa, ela não me impressionara tanto. Era pequena e branca, e andava ereta. Desprendia um perfume silvestre. Tinha o belo sotaque de uma créole. Não escondia a sua origem antilhana. Caminhava como se flutuasse. A moda eram os vestidos transparentes, a musselina, a gaze, a cambraia, o tule. Não era preciso adivinhar seu corpo: estava ali.»

– O senhor se permitiu esse olhar?
«Por que não? E ela me disse: 'O senhor não me escuta'. Prestei-lhe atenção. Em pensamento atribuí-lhe o caráter da rosa, porque há uma centena de espécies de rosas, e ela era uma centena de mulheres ao mesmo tempo. Depois eu soube que um de seus nomes era mesmo Rose. Para mim, passei a chamá-la de Rose. Entreguei-me à modulação graciosa da sua voz, ao riso rápido e nervoso, à forma sedutora de dizer 'non, jamais!'. Quando ria, curvava-se para frente e levava a mão à boca. 'Magnólias, begônias', ela dizia, 'heliotrópios, hibiscos, acácias, palmeiras. Tudo isso está a exigir cuidados. A Malmaison precisa de um herborista, senhores. Desentendi-me com o último.' Eu lhe disse com ostentação: 'Precisa de um botânico, majestade. E, se me permite, os nomes são *Magnolia virginiana*, *Begonia grandis*, *Heliotropium arborescens*, *Hibiscus sabdariffa*, *Acacia paradoxa*. E vejo, também, outra planta impossível de ser cultivada no hemisfério Norte, que é esse *Cactus ambiguus*'. Rose me olhava não espantada, mas atenta. As mulheres tornam-se belas, quando atentas. Ela então repetiu, num murmúrio, o último nome em latim. *Cactus ambiguus*. Sorriu, com uma dúvida. Logo percebi que eu fora excessivo e pernóstico. Ela então se voltou para meu amigo: 'O sr. Aimé Bonpland falou na Natureza. O que é a Natureza, para o senhor, barão von Humboldt?' 'É um sistema, majestade', ele respondeu, 'em que tudo faz sentido; a morte de uma flor aqui na Malmaison tem efeitos no Jardim Botânico do Rio de Janeiro'. 'Charmant', ela disse, mas logo parou, acrescentando: 'Sim, barão. Mas quanto importa saber isso?' E, dirigindo-se a mim: 'Essas plantas, senhor Aimé Bonpland, deixariam de ser elas mesmas se

não tivessem seus nomes em latim? Dizer que uma macieira chama-se *Malus sylvestris* não é nada. O que é um nome, senhor Aimé Bonpland? Lembra-se da pergunta de Julieta? Na minha Martinica não havia nem filósofos nem botânicos. Havia calor. Calor e umidade. As plantas apenas existiam. Os hibiscos, por exemplo, me encantavam pela sua cor brilhante. Encantava-me a umidade, o calor e as cores brilhantes. É o que eu busco, na minha estufa'. Foi isso que ela disse, doutor Martin.»

O doutor Martin tira os óculos.

— Prodigiosa memória, a sua. Mas Josefina era uma mulher sábia, doutor Bonpland.

«Rose era uma mulher inteligente e inquieta. Muitos haviam desprezado o pensamento de Humboldt, por redundante, e nenhum dos seus argumentos, embora razoáveis, me impressionaram. Com Rose não havia argumento algum. Havia uma paixão e uma certeza que vinham das vísceras, do estômago, da alma. Creio que ali minha vida começava a tomar outro caminho, que aos poucos me afastaria de Humboldt. Naquela tarde, Humboldt estava muito distante de mim. Tão distante como se ele fosse um cientista grego ou árabe. Tão distante como se não tivéssemos realizado uma longa viagem juntos, uma viagem de anos.»

— Curiosa dedução, doutor Aimé Bonpland. Voltemos a Josefina.

«O senhor insiste. Quando Rose nos conduziu até o portal da Malmaison, observei o olhar de Humboldt. Ele estava decepcionado, não com Rose, mas comigo. Ele percebera meu crescente interesse por Rose. Quando ela me pediu para aceitar o posto de botânico da corte imperial,

Humboldt despediu-se e tomou o caminho que levava ao portão da Malmaison, onde o esperava a diligência. Ele queria sair logo dali, ficar distante para não escutar a minha aceitação, que de fato aconteceu. Isso nunca vou esquecer. Eu traía aquele homem, traía a ciência e a amizade, um remorso que vem até hoje.»

– O senhor está sendo dramático, mas confesse, doutor Bonpland: o que o fez aceitar o posto foi Josefina, e não a ciência. Siga.

«Se o senhor não resolver logo a minha dor, não terá mais com quem conversar.»

O doutor Jean Martin sorri. Vai até o armário dos remédios. Mostra um frasco.

– Láudano. O senhor acredita nos efeitos do láudano?

«Naturalmente. É quase ópio puro.»

– Vamos usá-lo, então?

Aimé Bonpland aceita.

O doutor Jean Martin prepara o láudano num frasco de vidro, diluindo-o em um pouco de álcool. Sacode o frasco até formar-se um líquido uniforme.

– Tome. O senhor sabe: talvez o senhor fique com sono, com tonturas e alguns lapsos de consciência. É uma espécie de paraíso e inferno juntos. Isso, tome-o. – O doutor Jean Martin observa seu paciente. – Sentiu o gosto amargo?

«Amargo, sim. Está pouco diluído. Ah, entendo sua intenção. Bem. Mas o senhor quer mesmo falar de Josefina. Bem. Foi a beleza assistemática, a melhor forma da beleza, que me fez aceitar. Rose convidou-me não apenas para ser o botânico imperial, mas também superintendente da Malmaison e responsável por sua biblioteca pessoal.

Deu-me a chave da entrada externa da estufa. Ainda a tenho comigo, depois de quarenta anos. Olhe. Veja aqui. É de prata. Está sem brilho, mas é prata.»

*

«A Malmaison era a casa de Rose perto de Paris. Um palácio modesto, sempre cheio de convidados. Mais de uma centena de domésticos. A música não tinha hora para começar nem para terminar. Na França voltava-se a usar o aristocrático culote, inclusive Le Petit Caporal, que, por felicidade, pouco aparecia na Malmaison. As pessoas não mais se tratavam por 'cidadãos'. Cantava-se, dançava-se, tocava-se piano, tocava-se harpa, o instrumento da moda. Rose tocava harpa e piano. Eu às vezes, a convite dela, e lembrado de minha irmã, também tocava piano.»

— Havia um parque com cervos e ovelhas — diz o doutor Jean Martin. — Viviam soltos.

«E, ainda, cangurus e cisnes negros. No parque da Malmaison era fácil encontrar uma bétula ao lado de um olmo, e um olmo ao lado de um plátano. Na Malmaison a Natureza vivia à vontade e sempre havia surpresas. Ao contrário de Versailles, ali não se podavam as árvores. Rose não era filha do século em que nascera; já era do nosso século. Bem. Meus deveres eram enormes. Eu comprava os abastecimentos do palácio. Eu escolhia em pessoa os gêneros que ali entravam. Eu selecionava os fornecedores e até os médicos. Uma vida diferente daquela que Humboldt pensara para mim. Um dia recebi uma carta de Humboldt. Ele estava desapontado, o que era pior do que se estivesse colérico. Como era possível que eu, Aimé Bonpland, um cientista, um botânico, que assinava publicações junto ao nome dele, aceitasse essas funções subalternas, e pior, aceitasse cuidar de uma estufa, encerrado numa prisão de vidro? Respondi-lhe que minha palavra seguia mantida, que escreveríamos todos os fascículos e livros da *Voyage*. Prometi tudo que poderia e, pior, não poderia cumprir. Rose deu-me para viver algumas dependências no segundo piso de um palácio dentro do parque de da Malmaison, Bois-Préau. Ali, no térreo, ela mantinha seu estúdio, onde colecionava animais empalhados, flores secas, tenebrosas múmias trazidas da campanha de Le Petit Caporal no Egito, exemplares mineralógicos, livros de botânica, conchas, um pouco de erudição misturada aos vagos interesses dominantes. Em Bois-Préau também vivia Redouté, o senhor ouviu falar? Sim, claro, ouviu. O maior aquarelista de seu tempo. Ninguém como ele pintava flores. Foi ele o ilustrador da obra de Desfontaines. Quando escrevi *Descriptions des Plantes Rares Cultivées à Malmaison et Navarre*, ele desenhou e aquarelou meu livro. Bem. No meu pequeno estúdio instalei meus livros, meus herbários e todas as sementes, bulbos, e todas as seis mil amostras botânicas que mandara vir depois de desocupar meu apartamento da rua Monsieur le Prince. Eu pretendia trabalhar na *Voyage*, em Bois-Préau, para manter a palavra com Humboldt. Não pense, como afirmaram na época, que eu me tornara o único jardineiro do mundo formado em medicina. A generosidade e a boa educação de Rose não o permitiriam. Mas logo me inteirando das coisas, eu soube dos fracassos de meus antecessores, que não amavam a Natureza. A Natureza não é apenas bela, ela é perspicaz. A Natureza examina os homens que lhe declaram amor. Ela procura saber até que ponto vai esse amor.

A Natureza sempre me amou, exceto por um período em que lhe fui infiel, fui um assassino.»
— O senhor? É uma figura de retórica, não? – o doutor Jean Martin ri.
«E esse protético?» – diz Aimé Bonpland, recolocando a pequena chave no bolso do colete. – «E esse protético? A Santa Casa poderia ter dezenas de sondas. Ou aqui em Porto Alegre ninguém tem bexiga? Nas minhas estâncias, tanto em São Borja como em Corrientes, eu tenho duas sondas, uma para homem e outra para mulher, e sempre ajudam quando os peões e as peonas me procuram. Pensando bem, o senhor está certo ao me pedir que fale sobre Le Petit Caporal para me distrair. Mas acho que o senhor tem outras intenções. Intenções de contar, no futuro, que, por milagre das circunstâncias, tratou do naturalista Aimé Bonpland, o desconhecido mais ilustre de seu tempo. Pois saiba que não sou ilustre. Durante algum tempo fui célebre, o que é diferente. Mas Humboldt é, sim, um homem ilustre. Enquanto Humboldt brilha nas cortes europeias e faz viagens à Ásia, eu sou um gaúcho do pampa, meio brasileiro, meio francês, meio argentino, meio paraguaio e, afinal, meio tudo. Mas assim devo ser.»
— Sente-se melhor?
«Uma leve tontura. Uma sensação de que estou flutuando, como um pássaro ou um anjo.»
O doutor Jean Martin pergunta:
— O senhor disse "fui um assassino"?
«Como eu lhe disse, doutor Martin.»
Aimé Bonpland:
«O inferno dos que amam é criado por eles mesmos. Uma vez criado, não sabem como apagá-lo. Eu me

encontrava com Rose todos os dias em que ela estava na Malmaison. Eu ia até seus aposentos para receber instruções. Eu gostava de tudo que ela fazia ou dizia. Eu a amava. Não estranhe que eu tenha na boca esse verbo, amar.»
– É indecoroso, na nossa idade.

Aimé Bonpland:

«Olhe este rosto, doutor Martin, estes dentes que faltam, esta pele sem brilho, estas faces moles, estas rugas que parecem dunas batidas pelo vento, olhe este lento caminhar em direção ao nada. Olhe. Minhas palavras pensam na morte que, quanto mais demora, mais perto está. Não, hoje eu não diria aquilo. Mas minha juventude entregava-se a essas fantasias. E cada fantasia tinha uma palavra. Mas não por isso que o amor deixava de existir. Não era o amor cínico do século anterior. Era o amor que estava nos livros de poesia e nos romances. Estava em Goethe. E Rose lia esses livros. Era a única mulher que podia apaixonar-se por completo, em toda a França.»

– E o senhor se permitiu – o doutor Jean Martin escolhe a palavra – amá-la?

«Sim. De maneira completa.»

✶

Aimé Bonpland:

«Eu não deveria falar essas coisas, porque dizem respeito só a mim. Deve ser o láudano. Isso acontece com os meus pacientes. Eles falam o que querem e o que não querem. Bem. Estávamos na estufa. Eu mostrava a Rose como fazer o transplante de um lírio. Eu usava luvas de jardinagem. Ela segurou meu punho. Soltou-o. Olhei-a. Ela disse:

'Escute, senhor botânico. Escute'. Levou o indicador aos lábios. 'Escute, apenas escute. São nossas plantas crescendo'. E, depois de um silêncio. E depois de um silêncio. E depois de um silêncio».
— Depois de um silêncio? Siga.
«Ela disse: 'As plantas ignoram seus nomes e crescem numa perpétua desordem'. Era a primeira vez que alguém dizia aquilo. E como a beleza é a verdade, verdade era, ou passou a ser.» Aimé Bonpland olha para as próprias mãos. «Ah, meu colega, minha vida, junto a ela, transformou-se numa sucessão de momentos de puro fascínio. Se Humboldt olhava para a Natureza e dominava-a, Rose entregava-se a ela. Com Rose o belo era uma agitação de coisas sem lógica, um sobressalto de interesses, sempre em revolução, sempre novo, sempre intenso, sempre magnífico. Impossível não desejá-la, um desejo completo que secava a boca.»
— Isso se diz de uma prostituta.
Aimé Bonpland ainda tem o sorriso que iluminou sua última frase. Não escutou o que dissera Jean Martin.

*

Aimé Bonpland senta-se. Fala de maneira mais lenta.
«Sinto uma estranha paz, doutor Martin. Meu ventre começa a ficar insensível. Está tenso, mas insensível. Se a saúde é o silêncio dos órgãos, eu poderia dizer que estou curado. Curioso efeito, o do láudano. Sigo. Rose subiu até meu gabinete. Busquei-lhe uma cadeira. Ela sentou-se com elegância. Adeline Delahaye, uma das suas damas de companhia, postou-se a seu lado. Adeline disse algo a Rose. Eu

de imediato detestei Adeline, por me subtrair o direito de estar a sós com Rose. Detestei seus olhos muito separados, seus dentes desparelhos, suas sobrancelhas unidas, seus lábios finos. Ainda muito falarei nessa dama. Rose dispensou-a com um gesto breve e amável, o que me deixou feliz. Perguntou-me o que eu fazia naquele momento. Mostrei-lhe um herbário com plantas da América do Sul. Abri-o, indicando-lhe as plantas desidratadas. Eu virava as páginas. Ela levou um lenço sobre a boca e o nariz. Eu dizia os nomes científicos que eu lhes dera. Ela observava. Cheguei ao final, à última folha, onde havia, ressecado e morto, um ramo da *Jacaranda acutifolia*. Ela leu a descrição que eu começava a escrever: *Arbor excelsa, mimosae habitu. Flores violacei. Panicula magna, elegantíssima.* 'Interessante', ela disse, 'mas não lhe parece que o destino das plantas é, depois da vida, a dissolução na terra? Mortas naturalmente, elas geram a fertilidade do húmus e uma nova vida.' Eu não atinava o sentido dessas palavras. Ao menos naquele momento. Respondi-lhe que era preciso ter essas amostras para classificá-las. Rose sorria, reflexiva. 'Prefiro as plantas no vigor da existência', ela disse.»

*

Aimé Bonpland:
«Ah, sinto-me bem melhor com essa droga. Na Malmaison, negligenciei meu acerto com Humboldt. Ele me mandou uma carta de Berlim em que, com bondade, me chamava aos meus deveres. Não, não era a vaidade de estar junto ao poder o que me ocupava. Era a possibilidade de estar perto dessa dama. Eu gostava quando ela não sabia

algo que eu soubesse. Era a oportunidade de estar perto dela e ver como seus olhos ganhavam vida. Rose, por vezes, me tocava o braço. Eu tinha 35 anos. Propus a Rose ampliar a estufa, e ela concordou. Bem: a estufa da Malmaison tornou-se a maior, a mais bela, a mais imponente do mundo. E eu era o dono de sua chave. Essa que eu trago aqui. É de prata. Sim, é verdade, já lhe mostrei. É esse tóxico que está me confundindo as ideias. Afinal, por que o senhor me deu o láudano? Estou com dificuldade de falar. Estou repetindo coisas. Os bêbados, quando querem fingir que estão sóbrios, pensam em cada palavra antes de pronunciá-las.»

– Sim. Mas no seu caso, a dor está indo embora.

«Sim, mas ela está dentro de mim, no meu ventre. Eu sei que ela está. Eu apenas não a sinto. Bem. Numa estufa vive-se como no princípio do mundo. Vive-se como num útero. Ali eu revivia a América. Ali cresciam plantas suculentas e nasciam flores nas épocas em que tudo em volta era gris. O aparelho de calefação deixava a temperatura como na selva. Havia palmeiras adolescentes. Mesmo que lá fora toda a vegetação estivesse morta, na estufa de Rose tudo vivia a colorida exaltação da primavera. Eu tinha um cuidado especial com as rosas. Eram cultivadas em vasos, e dali eram levadas para embelezar a Malmaison. Uma tarde de inverno eu saía da estufa pela porta externa. A tarde era de nuvens baixas e não mais ventava: eram os minutos que antecedem a queda da neve. A Natureza era cinzenta e estática. Rose chegou sozinha, sem aquela revoada de pessoas tagarelas que sempre a acompanhavam. Vestia um redingote cinza, de feltro, igual ao do seu marido. Usava um gorro com pelo de marta. 'Perdão', ela me disse, 'está muito frio. O senhor ia sair? Entre, por favor.' E ela entrou comigo. Fechei a porta. Ela tirou a touca, as luvas, soltou os cabelos, que ondearam a um vento invisível. Abriu os botões do redingote. Não era a estação de usar transparências. Eu fixava seu rosto. Ela levou o olhar para um arbusto de flor-cardeal, com sua cor vermelha. 'Fale-me sobre a flor-cardeal.' Sentou-se num dos tantos bancos de madeira. Disse-me que fizesse o mesmo. 'Fale-me', ela repetiu. Então lhe falei durante meia hora sobre a *Lobelia fulgens* que eu mesmo trouxera do México. Ela me escutava. Ela disse: 'Algumas coisas deste mundo são vermelhas'. Ficou por um longo tempo absorta, e com a ponta da unha ela percorria os veios das folhas. Deixei de falar. Havia uma nostalgia em seu rosto, uma tristeza, uma esperança perdida. Como percebesse que eu a observava, ela se levantou. Apanhou os cabelos, pôs a touca à altura da testa. Fechou o redingote. 'Boa tarde', ela disse, estendendo-me a mão para beijar. Calçou as luvas. Saiu sem voltar-se. Começava a anoitecer, o anoitecer de inverno na Europa que o senhor bem conhece, que cai de súbito sobre o dia. Naquela noite permaneci na estufa. Abri uma lona de cânhamo, deitei-me. Fechei os olhos. Eu aspirava o aroma da terra. Eu aspirava o odor de Rose. Antes de dormir eu ainda a enxergava em minha imaginação, mas ainda escutava os sons da floresta, os últimos assobios e os gritos dos animais percorrendo a selva. Quando acordei, a paisagem lá fora se cobria de neve. Saí. Havia um esquilo no cedro de Marengo. Ele me olhava, espantado. Eu estava exausto daquela noite de amor sem fim.»

— Noite de amor... O senhor tem imaginação. Um homem em estado sadio jamais diz essas asneiras.

«Culpe a si mesmo, doutor Jean Martin. Culpe a droga me que fez beber. Mas digo que de fato aconteceu. Dois dias depois, ela reapareceu na estufa. Vinha alegre, acompanhada da costumeira gente volúvel. Trouxe-os para junto da *Lobelia fulgens*. Fez com que sentassem. Eu sabia o que iria acontecer. Sim, meu doutor Martin, ela falou a seus convidados acerca da flor-cardeal. Nunca falou no nome científico da planta. Os convidados mantinham uma expressão impávida perante a Imperatriz. Apenas uma jovem marquesa do império e um outro moço pareceram-me interessados. Não interessados na explicação, claro, mas em Rose. Ela pôs uma *Lobelia fulgens* na lapela do moço. Depois colocou outra na minha lapela, e mais outra na do seu oficial-ajudante, um jovem tenente. Assim era a Imperatriz: exasperava seus apaixonados até o ponto de enlouquecê-los.»

O doutor Martin repõe os óculos. Chama um enfermeiro e, emendando frases categóricas umas nas outras, dá-lhe ordens de ir com urgência à casa do protético.

Aimé Bonpland interrompe-o:

«Rose às vezes me lançava um olhar de malícia, que eu retribuía. O senhor me entende.»

– Não – o doutor Martin parecia pensar em outra coisa. – Não o entendo, doutor Aimé Bonpland.

*

Aimé Bonpland:
«No dia 6 de outubro...»
– De que ano?
«1830.»

– Em 1830 Josefina já estava morta.

«Não me corrija. Estou lúcido. Pelas quatro da tarde, eu estava no meu apartamento de Bois-Préau. Eu tentava aprontar mais um fascículo da nossa obra. Fazia isso para contentar Humboldt e para me consolar da infidelidade, ou torná-la menor. Eu punha nesse trabalho todo meu conhecimento e meu interesse. Bem. Recebi um chamado de Rose, que estava em seu estúdio. Desci. Encontrei-a junto a vários empregados. Ao centro, no chão, um dos ataúdes egípcios. Rose conversava com um senhor muito velho. Ele explicava alguma coisa. 'Ah, senhor Aimé Bonpland', ela disse ao me ver, 'que bom que atendeu a meu pedido.' Apresentou-me ao senhor, um eminente arqueólogo que acompanhara Le Petit Caporal à campanha do Egito. Os empregados estavam a ponto de abrir o ataúde. Não era agradável. O que poderiam interessar aqueles séculos de pó a alguém com tanta vida? Ela, entretanto, ordenava a abertura do ataúde. Ela mesma pôs sua mão numa fenda e auxiliou os empregados. Aquela mão pequena e fresca. Vi quando a pequena mão forçou seus músculos e tendões. As veias ficaram salientes. Conseguiram, enfim, levantar a pesada tampa, libertando um forte odor a mofo e podridão. Duas pequenas aranhas dali saíram e correram pelo piso. Ali dentro, em sua milenar imobilidade, jazia a múmia. Rose levou um lenço ao nariz e à boca. O arqueólogo, com muito método, explicou tratar-se de um alto funcionário da XII dinastia. Debruçou-se sobre a múmia e com uma lente observava os pormenores do tecido e dos amuletos de lápis-lazúli entre as faixas. Ali não havia mais a respiração da vida. Era um conjunto de panos, trançados sobre a carne ressecada daquilo que outrora fora um corpo. Rose pediu-me que chegasse perto dela. 'Ah, senhor Aimé Bonpland. Longa e eterna é a devastação do tempo.' Não sei lhe dizer, meu colega, o que aquelas palavras me causavam. Era a margem de algo, era um momento em que eu sentia a força de um desejo impetuoso e mortal. O mesmo que acontece a alguns insetos que perdem a vida logo após a cópula. Peço desculpas por essa imagem que talvez tenha ferido sua sensibilidade, mas é espontânea para um naturalista.»

Aimé Bonpland olha melhor para o doutor Martin, que diz:

– O senhor não pensou em nada? Não pensou nas suas plantas, ressequidas, envoltas em papel, mortas? Múmias?

«Mas as minhas plantas», diz Aimé Bonpland, apenas para provocar uma resposta, «eram plenas de vida. Eram as que eu cultivava na Malmaison, na estufa de Rose, eram as plantas que eu cultivava nos jardins da Malmaison.»

– Sim, senhor botânico, mas aquelas plantas a que o senhor se entregava de verdade, a fonte da sua fama, eram cadáveres. Admiro-me que o senhor não tenha percebido o que a Imperatriz quis lhe dizer.

«Sim, e o que era?»

Abaixo da janela, passa o pregão de um vendedor de tamancos.

Aimé Bonpland e o doutor Jean Martin olham-se.

– Doutor Aimé Bonpland: Josefina odiava os herbários do senhor. Aquelas plantas mortas, doutor. – Jean Martin fala cada vez mais alto. – Aquelas suas múmias vegetais, doutor. O senhor não percebeu nada? Não percebeu que ela não suportava a pestilência? Aquele cheiro? Por que ela levou um lenço ao rosto?

O dia avança, na Santa Casa de Misericórdia de Porto Alegre.

A dor é, agora, uma leve pressão. Mas ele sabe que seu estado é grave.

Já sopra o esperado vento que traz a saúde.

Instala-se agora essa luz inclinada que faz a felicidade a quem vive no Paralelo 30 ao Sul do mundo.

*

Aimé Bonpland pede para deitar-se. Agora está com vertigens e náuseas. O doutor Martin autoriza.

Aimé Bonpland fecha os olhos:

«É bem verdade que seu láudano cura a dor, mas não a doença. Agora entendo por que as pessoas viciam-se em ópio. Não suporto essa luz que vem da janela. Bem. Ali, na napoleônica Malmaison, vivia-se à beira do abismo. Aquela glória de ocasião, aquele palácio decorado às pressas por arquitetos superficiais, aqueles candelabros de ouropel, aqueles risos ao acaso, aquelas músicas e danças, aquela dinastia discutível, aquele império cheirando a tinta fresca, tudo teria um fim. Não, ela merecia um destino superior àquelas circunstâncias. Busquei algo que conferisse a Rose a transcendência das coisas eternas. E busquei essa eternidade onde ela está: na Natureza. Dediquei-me à criação de uma variedade de rosa. Essa rosa deveria ser a soberana dentre as 250 cultivadas na estufa. Imaginei essa rosa da cor da carne, com matizes em vermelho-escuro tendentes ao roxo dos cardeais. Usando diversos vasos, fiz os enxertos certos, polinizei, fiz tudo isso que os jardineiros sabem fazer. Numa manhã de fins de abril, ou inícios de maio, sob a tepidez do vento, fui à estufa. Fui até um lugar em especial, ali onde estava o objeto de meu amor de botânico. Sim, ali havia brotamentos. Duas ou três semanas depois, havia minúsculos botões, iluminados pelo sol ainda oblíquo. Num dia essas roseiras explodiram em flores lascivas, túmidas. Esperei um dia de pleno sol. Levei um dos vasos com a rosa para Redouté. Pedi-lhe que usasse todo seu talento para copiar do natural um ramo daquelas rosas. Esse convite encheu Redouté de vaidade. Ele primeiro fez um esboço a lápis. Depois, da sua estante de pintor, escolheu vários matizes de aquarela, comparando-os aos da rosa. Marcou no esboço as tonalidades mais adequadas. 'Ponho qual nome na legenda?', ele me perguntou. 'Só pode ser um', eu disse. E então eu disse: *Josephina Imperatrix*. Dois dias depois, ele me mostrava a aquarela. Estávamos em Bois-Préau. Redouté olhou por cima do meu ombro e de imediato inclinou-se. Voltei-me. Era Rose. Vinha bela como aquele início de primavera. Com gentileza tomou a aquarela das mãos de Redouté. Leu a legenda. Riu, nervosa. Ante minha seriedade, voltou os olhos para a aquarela. 'Linda!', disse. Perguntou-me se existia o original ou se era apenas uma imaginação de Redouté. Pedi-lhe que esperasse, enquanto fui à estufa buscar o vaso com a *Josephina Imperatrix*. Ao vê-la, a Imperatriz comparou-a com a aquarela da Redouté. Expliquei-lhe que eu a havia criado. Aproximou-se para aspirar o perfume. Depois, erguendo-se na ponta dos pés, beijou-me o rosto.»

– Vejo, doutor Aimé Bonpland, que o senhor é um homem imaginoso. Ela não faria isso.

«Tenho idade suficiente para não dar importância ao crédito que me dão.»

– Então ela o beijou? Mesmo? Na presença de Redouté?

«Não apenas. Ela segurou minha mão por um longo tempo. Era um contato macio. Foi a primeira vez que a tive tão perto. O senhor é homem, sabe o que me provocou aquele toque.»

– Não – o doutor Martin, desalentado, olha para fora – não sei. Só acho que o senhor está falando demais.

«De fato. E agora não posso parar. Preciso contar tudo, mesmo as indignidades. Sorte sua que me deu esse remédio. Vejo que Napoleão não tem o menor interesse para o senhor. Foi apenas um artifício para forçar-me a falar de Josefina. E o senhor me embebedou com o láudano concentrado para conseguir seu propósito. Não o culpo, porém. Bem.»

O doutor Jean Martin aproxima-se para escutar a voz de seu paciente:

«Aquela rosa passou a ser a "rosa de Josefina". Usou-a ao natural. Distribuía-a para seus convidados. Mandou fazer dezenas de cópias, de seda, papel, esmalte sobre ouro e sobre vermeil. Fez-se representar por Isabey num retratinho oval com a *Josephina Imperatrix* ao peito, entre a curva dos seios. A todos dizia que a rosa fora criada só para ela. Com isso, ela me fazia alvo de inveja.»

– O que o senhor esperava, o quê, doutor Bonpland? A inveja e o ciúme vigiam nossos passos.

«Um dia Rose me pediu para não incluir sua rosa nos livros. Não a queria classificada. Repetiu-me que não acreditava nas classificações nem nos sistemas.»

*

«E, junto, vinha o remorso por trair Humboldt. Era um pânico que me ocorria no meio da noite. Eu queria abandonar a escrita do nosso trabalho, mas não encontrava o modo de dizer isso a Humboldt. Seguir naquele trabalho seria uma enormidade, uma depravação intelectual. A Natureza em si é bela. Alexander von Humboldt, meu querido Humboldt, entretanto, só encontra o belo na Natureza se esse belo decorra de uma prodigiosa arquitetura intelectual. Humboldt me amedrontava com sua altíssima elevação estética. Eu jamais poderia alcançá-la com meu pobre trabalho. Eu trato das coisas pequenas, que não servem a construir um todo. Eis aí tudo. Bem. Percebo, meu doutor Martin, que não há rosas em Porto Alegre. Não há flores. Não há sondas uretrais em seu hospital. Como uma cidade como esta, sem flores e sem sondas uretrais, pode considerar-se civilizada?»

*

Da carta de Humboldt a Aimé Bonpland, datada de Berlim, 7 de setembro de 1810:
Eu te peço, novamente, que te ocupes na finalização de um assunto que tem a mais alta importância para as ciências, para tua reputação moral e para os compromissos que assumiste comigo. Espero que te vejamos aqui, meu

querido Aimé. Eu te abraço de coração e alma, e saberei dentro de um mês se me amas ainda um pouco, para fazer o que te peço.

*

«Cartas de Humboldt vinham a toda hora. Eu não sabia o que pensar. Eu estava apaixonado. Pessoas apaixonadas sempre traem alguém. Eu traía Humboldt, mas entre nós se interpunha a Natureza, essa entidade que entendíamos de maneira tão diversa.»

*

Aimé Bonpland:
«Doutor Martin. Se eu não soubesse a gravidade do meu estado, eu poderia falar até amanhã. Bem. Eu estava na Malmaison, tratando de umas folhagens internas do palácio, quando Le Petit Caporal apeou da sua viatura, atravessou o átrio em forma de tenda, parou no meio do vestíbulo. Todo ele vibrava uma inconformidade, uma pressa, uma exasperação. Olhou-me com ódio. Vinha para sua casa com uma determinação terrível. Rose apareceu. O casal fechou-se na biblioteca. Por discrição, fui para Bois-Préau. Aquelas vindas de Le Petit Caporal à Malmaison sempre eram prenúncio de algo mau. Redouté me contou o motivo da visita: o Imperador viera para exigir o divórcio. Rose, pela idade, tornara-se estéril. No outro dia, soube que ele não mais estava no palácio. Quando entrei para saudar Rose, como sempre fazia, ela ainda permanecia em seu pequenino quarto privado e burguês. Ela percebeu

meus passos. Pediu-me que entrasse, que não tivesse constrangimento. Entreabri a porta. Havia penumbra dentro do quarto. Sentada à pequena poltrona, ainda usava o robe de tafetá cor-de-rosa. Na cabeça, a touca de dormir, com rendas que velavam os olhos. Nenhum disfarce feminino. Os pés nus pousavam no tapete. 'Sente-se', ela disse, 'por favor.' Sentei-me. Ela me pediu que lhe falasse da selva amazônica. A descrição do nosso livro era verdadeira? Nós havíamos mesmo descoberto o canal que ligava o rio Orinoco ao rio Negro? Naquele dia, ela me disse, ela precisava saber se aquilo era verdade. Ela precisava escutar uma verdade, qualquer que fosse. 'O improvável também pode ser verdadeiro, senhor Bonpland?'

«Eu estava perante uma cena trágica, cuja dimensão só entendi depois. O senhor me pergunta se narrei a Rose, de novo, toda a viagem? Sim, comecei a narrar. Minha narrativa foi pelas pestilências, pelas corredeiras que quase destruíram a nossa canoa, pelos mosquitos que nos devoravam. Contei até o ponto em que descobrimos o canal Casiquiare. Rose me disse que era o suficiente. Ela levantou a renda que lhe cobria os olhos. Fixou-me com uma expressão ausente. Mal pude escutar: 'Fico-lhe grata, senhor Bonpland. O que escutei do meu marido foram mentiras. O senhor me deixou cheia de verdades. A verdade existe'. E ela me fez um sinal brando e atencioso, eu podia me retirar, se assim o quisesse. Permaneci ali algum tempo. Seu rosto aos poucos readquiria a calma e a melancolia de sempre. Seus braços caíam aos lados do corpo. Ressonava. Dormindo, perdendo a cor natural, sua branca imobilidade fazia com que eu lembrasse das esculturas de

Canova. Tudo o que acontecesse em minha vida decorreria daquele momento. Ah, meu doutor Martin, naquele momento Rose tornava-se minha. O senhor pensa que sou um exagerado, um sonhador.»

Aimé Bonpland consulta o relógio:

«Passou-se uma hora, doutor Martin».

– Pois siga falando. O Ogro simplesmente disse que pedia o divórcio?

«Meu caro doutor Martin: não negue que voltou a interessar-se. Só continuo a falar nessas coisas velhas se o senhor mandar saber como está a confecção da sonda.»

– Sim. Um momento – e vai. Diz, do corredor: – Mas não saia daí.

Aimé Bonpland volta-se para a praça defronte à Santa Casa. Começa a fazer frio, e o azul profundo ganha uma cor escura. Aimé Bonpland vê as imagens distorcidas. As pálpebras caem, pesadas de sono. Ele resiste à droga. Não pode dormir, não agora.

*

«Naquela noite, tépida, que era de lua crescente, Rose vagava pelas alamedas da Malmaison. Os cabelos desfeitos, ela falava para as árvores, para as suas árvores, ela amaldiçoava o cedro de Marengo que só lhe trouxera desgraças. Os soldados de sentinela acorreram. Ela despejou sobre os infelizes os maiores insultos até que, acuados pela força daquele feroz desespero, recuaram. Não era mais a Imperatriz. Nem Josefina. Nada era humano naquele corpo. Ela foi em direção à estufa. Arfante, tensa, exaurida, deixou-se escorregar até o chão, junto à porta. Baixou a cabeça, segurou-a com ambas as mãos. Soluçava.

'Ah, por que comigo?' Eu estava lá. Tudo eu vi. A tudo assisti. Era o momento. Aproximei-me. Ela ergueu o rosto: 'O senhor?', ela disse. 'Sim, madame, eu mesmo. E se me permite a ousadia, penso que não deve magoar-se tanto.' Rose levantou-se, arranjou o vestido leve. Olhou-me com um riso silencioso. E entendi tudo, doutor Martin. Eu nada poderia fazer naquele momento; apenas ajudei-a a levantar-se.»
— Ah sim, e fez o quê?
«Dei-lhe o braço e assim a conduzi de volta à Malmaison.»
— Só? Não se falaram?
«Não me pergunte isso, doutor Martin. E ademais, como o senhor sabe se isso tudo é verdade?»

*

«Eu sentia um alívio. Le Petit Caporal desaparecia da vida de Rose. Assim, ela estava mais perto de mim.»
— Isso é abominável. Só o perdoo de dizer essas coisas porque está com a mente alterada.

«Mas tudo se transtornou quando, poucos meses depois, ela recebeu a notícia de que Le Petit Caporal iria visitá-la. Ela me chamou e pediu que enfeitasse com todas as flores possíveis a sala de receber da Malmaison, a sala de jantar, o gabinete que o Imperador ainda lá mantinha. 'Quero que tudo seja alegria e felicidade, senhor Aimé Bonpland. E não se esqueça de alguns vasos com minha rosa.' Pedi-lhe para não usar aquela rosa na decoração. Ela me olhou e foi um breve instante, mas eu soube que conhecia meu amor por ela. Ela então disse: 'Compreendo', ela segurou minha mão. 'Use, então, as rosas inocentes.' Só poderia dizer isso se soubesse do meu amor. Le Petit Caporal chegou, e ela o recebeu no salão dourado, junto com seus cortesãos. Conversaram por meia hora, e houve um instante em que ela e Le Petit Caporal riram, como se vivessem os melhores tempos de seu casamento. Retornei logo para Bois-Préau. Quando passei pelo estúdio de Redouté, escutei-o dizer, sem tirar os olhos de uma aquarela: 'Isso foi demais, não, meu caro Bonpland?' Deixei-o sem resposta e subi as escadas, batendo os pés nos degraus. Comecei a agir de maneira irreconhecível. Maltratava o pessoal de serviços da Malmaison, maltratava os fornecedores da Malmaison, e sempre que alguém me pedia um emprego, seja do que fosse, de jardineiro, de copeiro, médico, modista, arquiteto, decorador, confeiteiro, eu o despedia de modo ríspido. A um médico eu disse: o senhor fará melhor cuidando de porcos, porque porcos não se queixam. Uma noite trabalhei até tarde. Exausto, sonhei com ela, e no outro dia contei-lhe o sonho. Estávamos no salão de música.»

O doutor Jean Martin fica silencioso. Afasta um pensamento e diz:

– Teve coragem de contar um sonho à Imperatriz? Isso não aconteceu. O senhor está delirando.

«Pior. Era um sonho de inequívoca paixão.»

– E ela, e ela?

«Escutou-me sem nada dizer. Levantou-se. O silêncio ficou insuportável. 'Madame', eu disse, 'imploro-lhe esquecer o que lhe contei.' Ela foi ao piano. Havia, aberta, uma partitura de Haydn. Começou a tocar. Era um movimento grave e pensativo. Eu via o seu perfil recortado contra a luz da janela. Pedi-lhe licença para sair. 'Fique', ela me disse, 'sente-se aqui junto a mim.' Obedeci-a, mais uma vez. 'Um sonho é como a música', ela disse, olhando para a partitura. 'Um sonho, meu caro senhor Bonpland, só existe enquanto é sonhado. É como a música: só existe quando é executada. Depois, tanto o sonho como a música desaparecem. Assim também é com o amor. Um estado de sonho. De repente, é o sol do amanhecer, é a luz.' Ela agora me olhava. Ela agora me falava bem de perto, quase soprando suas palavras em meu ouvido. Pegou-me ambas as mãos. 'Sei que ao senhor eu posso falar tudo isso. O senhor é o único que tem coração, no meio dessa tristeza em que se transformou a Malmaison. Jamais gostaria de perdê-lo.' E encostou sua cabeça no meu ombro.»

— Mas como? Isso foi uma impropriedade. Isso é mentira sua.

«Foi encantador. Só nós dois, ela com a cabeça em meu ombro. Levei meus lábios a seus cabelos. Senti o calor de seus cabelos. Ela permitiu que eu o fizesse. O senhor é homem. Deve saber o que esse contato nos provoca. Ela percebeu, e com delicadeza recompôs-se. Olhava-me, agora séria. Nada mais falamos.»

— Siga, siga, doutor Bonpland. Não, cale-se. Não, siga, siga. — O doutor Martin vai servir-se de água. — Não lhe ofereço água porque isso iria piorar seu estado.

O enfermeiro entrega um bilhete ao doutor Martin.

— Tenho notícias — diz o doutor Martin, depois de ler. — A sonda está quase pronta.

Aimé Bonpland ajeita-se melhor.

«Ainda bem, meu colega. Mas então: deixei Rose depois daquela cena a que o senhor chama de imprópria e saí a caminhar pelo parque. De lá, do parque, eu observava a sua janela iluminada. Pouco antes de o sol nascer, fui dormir, sentindo uma ponta de febre. A malária, a lembrança doce e atroz da América. A febre me inflamou dias seguidos. Sentia calafrios e tremia. Tive convulsões, vertigens. Nem o quinino ajudou. Em meu pequeno quarto de Bois-Préau eu tinha alucinações. Redouté queria chamar um médico de Rueil. Impedi-o. Essa é uma doença que já me habitava, e que me habita até hoje e só morrerá comigo. Rose mandou-me um cartão, desejando-me melhoras. Depois de duas semanas, sabendo que os sintomas tinham cessado, ela me pediu que fosse encontrá-la. Não mais nos aposentos domésticos, mas no formal salão dourado. Apresentei-me pálido, tapando a boca, pois tinha o hálito da febre. Minhas pernas estavam fracas. Rose usava um vestido de tarde, com a cor da turquesa. Adeline Delahaye estava a seu lado, de pé. Rose, depois de saber de minha recuperação, me disse: 'Durante sua doença muito pensei, senhor Bonpland, e decidi que seria melhor o senhor casar-se'. Fiquei sem entender. 'Não estranhe', ela disse. 'O assunto é importante. O senhor conhece Adeline Delahaye.' Olhei para Adeline Delahaye, que me fez uma breve reverência com a cabeça. Rose disse: 'Adeline já muito sofreu nas mãos do ex-marido, um homem execrável. Ela agora necessita do amparo de um cavalheiro. Um cavalheiro que aceite ser o pai da graciosa Emma'. Adeline me olhava. Olhei-a, aturdido. Estupor. Estupor e assombro. No decorrer dos minutos, pela seriedade de Rose, expressa em suas palavras e no tom com que foram ditas, entendi que eu não estava num pesadelo. Não, eu jamais poderia ter Adeline Delahaye na minha cama, possuí-la. Respondi que ficava honrado, mas deveria pensar se eu era homem feito para o casamento. Beijei a mão de Adeline Delahaye, de Rose, e pedi para me retirar. Foi uma noite horrível. Concluí, com todas as forças da minha alma que, tal como Le Petit Caporal a repudiara, Rose me abandonava.»

– Mas que imaginação, doutor Bonpland! – diz o doutor Jean Martin. – Vejo que os resultados do láudano são maiores em certas pessoas. Mas a ser verdade, o que o senhor esperava? Que a Imperatriz dos franceses se dignasse a tomá-lo como amante? Esperava isso?

«Acalme-se. Eu tinha um grande pesar em meu coração.»

– Ah, o senhor fala como um livro.

∗

«Respondo: Adeline Delahaye era atrevida. Gostava de plantas como todas as pessoas da época, mas também das sonatas de Païsiello e dos amanheceres embriagados da Malmaison. Lia Novalis em traduções francesas e gostava das trapaças nos jogos de cartas. Ela não sorria. Seus maus dentes a impediam. Sabia matemática. Executava várias operações ao mesmo tempo. Como o senhor percebe, doutor Martin, ela possuía todas as qualidades para ser esposa de qualquer homem triste. Mas não de um homem atormentado. Rose não me perguntava acerca da minha decisão. Dava como certa minha concordância. Com o outono, começaram as apresentações musicais na Malmaison, que eu escutava do meu quarto de Bois-Préau.»

O doutor Jean Martin percebe que seu paciente, mesmo arrastando as palavras, fala com coerência. Há, porém, uma sombra de engano em tudo o que diz.

*

«E cessei por completo minha colaboração com Humboldt. Abandonei a redação da *Voyage*. E fiz essa brutalidade com ele, fiz com a ciência, com minha Posteridade. Ele, por fim, tomou auxiliares para fazer o que eu deveria ter feito. Mas sempre manteve meu nome nas publicações, junto ao dele. Mas, assim como um astro numa órbita de eclipse, eu entrava na zona escura projetada pelo gigantesco vulto de Humboldt. Mas nada disso era importante, naqueles dias. Eu estava imerso na angústia e no despeito.»

*

«Conheci melhor Emma, uma menina gorducha sempre vestida de cor rosa, em homenagem à Imperatriz. Emma não era, como se diz, 'adorável', mas possuía uma constância intrínseca, ao contrário da mãe. Não posso dizer que gostei dela. Isso aconteceria depois. Eu fabricava para ela caramelos com xarope de alcaçuz. Descobri que tocava piano bastante bem para sua idade. Recebi um convite para participar de uma récita na Malmaison. Eu não teria como faltar sem grave grosseria. Eu não queria ver Rose. Toquei com Emma o segundo movimento de uma pequena sonata. Depois, Adeline cantou, com sua voz sofrível. Cantava canções avulsas e algumas árias de Susana de *As bodas de Fígaro*. Rose acedia em acompanhá-la ao piano ou na harpa, quando Adeline cantava canções românticas. Ao ouvir Adeline Delahaye cantar, minha atenção logo se desviava para as mãos de Rose sobre o teclado. Se nunca me senti atraído por Adeline, o senhor me pergunta? É uma pergunta absurda. Eu deveria me casar com ela, apenas. Foi o que fiz, numa tarde, perante o prefeito de Rueil, na sala de música da Malmaison. Ela foi viver comigo em Bois-Préau.»

*

«Depois de Waterloo, a Malmaison passara a ser frequentada por toda nobreza europeia. Isso mostra como Rose era, mesmo, uma mulher sedutora. Eu já não falava com ela. Ela deixava de ser minha. Eu mandava outros tratar dos assuntos da Malmaison. Ela mandava me chamar e eu me negava a atendê-la. Comecei a pensar num meio de abandonar a Malmaison. Rose, com o tempo, deixou de me chamar. Rose passou a ser cortejada pelos maiores dignitários da época, inclusive pelo Czar Alexandre, o vencedor de Le Petit Caporal. Eu detestava aquilo. Ela fazia tudo aquilo para me afrontar. Os filhos de Rose, o príncipe Eugène e a princesa Hortense, vieram morar na Malmaison. Em maio, Rose ofereceu um jantar ao Czar. Houve baile. Rose saiu a caminhar com o Czar pela noite fria. Foi o começo de tudo o que viria depois. Quando disseram que Rose adoecera, assustei-me. Ela me chamou para junto dela no seu pequeno quarto. 'O senhor está tão afastado', ela me disse. 'São as ocupações, madame, perdoe-me', respondi, sobressaltado com o aspecto dela. Observei-a. Ela respirava com dificuldade. Percebi nela um preocupante alheamento. Ela não me perguntou nada acerca de Adeline, não me acusou de nada. Bem. Em dois dias, agravou-se o estado de Rose. Entrei em desespero. O senhor e eu sabemos que enfermidades dos pulmões nunca regridem. Eu estava no pátio traseiro da Malmaison e escutei-a tossir. Aquela tosse que conhecemos bem. À tarde me disseram que a febre subira de modo assustador. Quando vi entrar o doutor Horeau, estremeci. Ansiei que a doença se aplacasse perante aquela vítima tão jovem e tão bela. Eu estava desesperado. Desesperado. No quinto dia, ela estava pior. Os seus filhos a levaram para o quarto de honra, para o leito de aparato, com um dossel com a águia napoleônica e cisnes dourados à cabeceira. Eu caminhava sem erguer os olhos pelos corredores da Malmaison. Os criados emudeciam, rentes às paredes. Na tarde do oitavo dia, eu já tinha certeza de que nada mais poderia ser feito. O senhor me acredita?»

– Dada a sua situação, não sei o que pensar. Mas todos os que mentem, de algum modo, procuram uma verdade.

«Quando Rose entrou em agonia, os príncipes Hortense e Eugène me permitiram que eu ficasse a seu lado. Eu acompanhava o rápido avanço da morte: o afilamento do perfil, a respiração fraca entremeada por haustos agônicos, tremores intermitentes. No último momento, ela ainda me segurava a mão. Foi assim: estávamos a sós no quarto. Seus filhos tinham ido falar com doutor Horeau, em Rueil. Estávamos a sós, Rose e eu. Havia, no quarto, um miasma de emplastros e cânfora. Ela me indicou com o olhar a sua mesa de toucador. Olhei: no vaso de cristal havia uma *Josephina Imperatrix*. A testa de Rose brilhava de um suor mortal. Ela me voltou os olhos extintos. Quis sorrir, mas seus lábios petrificaram-se. Procurei com urgência o seu pulso, mas ela, sentindo o contato da minha mão, segurou-a. Prendeu-a. Depois, abrandou a pressão. Era o final. Eu sabia o que acabava de acontecer. Sua mão ainda segurava a minha. Com infinito amor, desembaracei-lhe os dedos, um por um, sabendo que eram gestos para sempre. Ergui-me e aproximando-me, ainda sentindo o último calor que emanava daquele corpo, beijei-lhe a testa, umedecendo meus lábios no orvalho de seu suor. Fechei-lhe os olhos e esperei. Quando os príncipes chegaram ao quarto com o médico, eu apenas indiquei o leito com a cabeça e ergui os ombros como sinal do inevitável. O doutor Horeau auscultou o peito de Rose, pôs dois dedos em sua carótida e me olhou. Baixou a cabeça. A princesa e o príncipe ajoelharam-se à cabeceira do leito e fizeram o sinal da cruz. Fui até a janela que dava para o parque, abri-a. Era primavera. Todos os aromas das flores da Malmaison chegavam até o quarto. Um jardineiro passava com uma cesta de rosas e eu lhe disse para subir, que trouxesse as rosas para o quarto. Recebi a cesta e, com autorização dos filhos, ornamentei o corpo de Rose com as suas adoradas rosas. Mas faltava o ato final: fui à estufa e, de um dos vasos em que eu plantara a rosa de Josefina, colhi uma, cortei-lhe os espinhos e voltei para colocá-la entre as mãos de Rose. Eu chorava. Alguém no piso inferior, no salão de música, alguém ao piano iniciou o 'Lacrymosa', da *Missa Pro Defunctis*, de Mozart. Lembro daquelas notas fúnebres percorrendo o palácio, subindo pelas escadas, dissipando-se nos cômodos dourados, *lacrymosa dies illa, lacrymosa dies illa, qua resurget ex favilla...* Ah, meu doutor Martin... Hoje me lembro bem, hoje que estou triste. Naquele momento, naquele momento único da minha minúscula história de abandonos e traições, um frio instantâneo gelou minhas artérias: aquela morte, aquele raio que rompeu a tão bela primavera, aquela morte eu a havia desejado. Foi minha indignação que a matou. Não me pergunte como cheguei a isso. Ninguém deseja a morte de quem ama. Desde aquele dia essa tragédia me persegue. E eu deixara de atender aos chamados de Rose, e ela me chamou mais de uma vez. Brutal e odioso eu fui. Não entendi a grandiosidade e elevação daqueles dias. Eu não estava preparado para a História, nem tinha a sensibilidade suficiente para entender o que se passava debaixo dos meus olhos. Nem entendi o amor. Nada há que me absolva. Talvez eu encontre paz no dia em que puder contar toda a minha vida, de coração aberto. Só assim encontrarei um sentido nesse drama.»

– Penso que nunca o senhor esteve apaixonado por ela. Penso, até, que o senhor esteja inventando a maioria das coisas que me diz.

*

«Fiz então o que estava destinado a fazer: aqueles vasos com a rosa de Josefina atravessaram o oceano, foram para Buenos Aires, para o Paraguai, para o Rio Grande do Sul. Hoje uma roseira está à frente da minha casa, em São Borja. Fiz sempre os enxertos necessários, as podas, tirei novas mudas, coloquei-as em novos vasos, tudo que a ciência da jardinagem permite, e ela sobrevive. A cada vez que olho para ela, a cada vez que sinto seu perfume, a minha alma se renova e ao mesmo tempo morre de pesar, de saudade. E não, não fui ao sepultamento em Rueil, na igreja de São Pedro e São Paulo.»

– É tudo muito triste. – O doutor Jean Martin tira os óculos, baixa a cabeça. Pega o lenço, mas ao perceber movimento no corredor, devolve-o ao bolso. Repõe os óculos.

O doutor Jean Martin faz um sinal ao protético, que esperava.

O protético abre um pano e mostra a sonda. "O melhor que pude fazer, nesse pouco tempo."

– Doutor Aimé Bonpland – diz o doutor Jean Martin –, aqui temos a sonda. O senhor sabe os procedimentos.

Aimé Bonpland baixa as calças, as ceroulas.

O doutor Jean Martin pega a sonda, examina-a. Depois a unta com azeite. Introduz com lentidão a sonda pela uretra de Aimé Bonpland. O membro viril do sábio espanta por sua antiguidade. É velho e gasto como aquele corpo sem carnes. O doutor Martin segue trabalhando, exercendo um método que beira o prazer profissional.

– Então, doutor Bonpland?

Aimé Bonpland sente o frio desconforto do cobre entrando por sua uretra.

«Siga.»

Mais um pouco.

Mais um pouco e sim – sente que a sonda atinge a bexiga.

Aimé Bonpland olha o jato líquido, cor de âmbar escuro, aquilo que sai de dentro de si e se despeja na bacineta esmaltada de branco.

O doutor Jean Martin mira-o de modo equívoco:

– O senhor está se libertando dos seus venenos. Sente-se bem. Talvez venha a sentir-se melhor. Ou pior. Quero lhe mostrar uma coisa.

O doutor Jean Martin aproxima-se, mostra o avesso de sua lapela de cetim.

Aimé Bonpland força os olhos. Força-os. Vê uma mancha vermelha que oscila à sua frente. Está sem óculos. É uma flor? Pega os óculos. A imagem é vacilante e desfocada. É uma flor, seca, com várias camadas de laca vermelha que a deixaram hirta e imperecível.

Uma *Lobelia fulgens.*

«É uma *Lobelia fulgens,* doutor Martin?»

– Sim. Guardei-a desde aquele dia em que Josefina colocou-a na minha lapela. Aquela marquesa do império era minha amante. A partir daquele dia, deixou de ser. O senhor, na estufa, parecia muito contrariado. Em vez de cuidar de porcos, como o senhor, um dia, me aconselhou, abandonei a Malmaison, à busca do esquecimento. Meu gesto derradeiro foi na batalha final, em que acompanhei com alegria a derrota do Ogro. Cada qual se vinga e se liberta a seu modo. Quando enxerguei o senhor entrar por esta porta, quando o reconheci, eu soube que iria me reconciliar com o meu passado.

O protético espera. Traz a fatura de seus serviços. O doutor Jean Martin vai atendê-lo.

– Mas é uma fortuna, homem.

– E a pressa, doutor, não conta? E por que tanta pressa?

– A pressa deveu-se à doença deste senhor.

O protético espia Aimé Bonpland.
– E quem é este senhor doente, afinal?
Aimé Bonpland soergue o corpo que não mais o obedece. Deixa-se cair de volta. Sua fala, agora, são arranques de frases soltas.
«Diga-lhe, doutor. Que eu sou apenas. Um doente da alma.»
Quando o doutor Jean Martin retorna à cama de seu paciente, este lhe estende a mão.
As pupilas de Aimé Bonpland refletem o quadrado da janela da enfermaria. O branco dos olhos está cruzado por pequenos vasos sanguíneos. Nada diverso dos outros pacientes a que ele aplicou o láudano.
Aimé Bonpland diz, ao articular as palavras uma a uma:
«Aceite minha amizade, doutor Martin. E peço que me perdoe. Por havê-lo insultado. Certa vez».
O rosto do doutor Martin perde seu anonimato. Agora é reconhecível, é alguém que diz:
– Perdoar? Ninguém passou pela vida daquela mulher sem enlouquecer. Inclusive seu marido, que em sua loucura levou a França ao desastre. Quanto ao senhor, fique tranquilo. Não precisa de perdão quem é tão sábio.
«Engana-se, doutor Martin: a sabedoria.» Aimé Bonpland tenta esconder sua confusão. «Não é o mesmo que a inocência. Hoje me libertei. Dos venenos do meu corpo. Falta-me, agora. Libertar os venenos da alma. Só vou me livrar delas. Quando narrá-las por inteiro, todas. Mas elas são narradas apenas à margem da morte.»
Olham-se por um longo tempo.

Depois desviam o olhar, como se nada houvesse acontecido aqui, nesta pequena sala de enfermaria.

O carrilhão da capela da Santa Casa de Misericórdia bate sete da noite.

Aimé Bonpland agora dorme.

Dormirá muito.

O doutor Jean Martin guarda o frasco do láudano no armário branco. Antes de fechar a porta, olha para o frasco. Medita.

Depois observa, através da vidraça, acenderem o lampião em frente à Santa Casa.

Pequenos vultos, insones, mexem-se na grande noite que se derrama sobre os telhados e sobre as brancas fumarolas das chaminés desta cidade ignorada ao Sul do mundo, a que dão o feliz nome de Porto Alegre.

FIM DE "PRISÃO DE VIDRO"

ENTREATO III

Estância Santa Ana, Corrientes, Argentina, 1858.

Don Amado Bonpland pede a Carmen que lhe dê a pasta de couro que está sobre a mesa. Sua mão treme ao abri-la, o que parece irritá-lo.
Um homem deveria morrer antes de tornar-se encarcerado em seu próprio corpo.
«Meu doutor Avé-Lallemant: fomos muito retratados juntos, Humboldt e eu.»
Don Amado Bonpland põe os óculos.
«Nesta gravura, que ele mandou desenhar e na qual dispôs os elementos, aparece o monte Chimborazo ao fundo, e ele em primeiro plano. Humboldt mostra o sextante a um nativo do Equador. Humboldt não olha para o nativo, mas para quem olha a gravura. Ele se colocou em primeiro plano, e está certo que assim seja. Não foi vaidade. Eu, eu sou esta figura aqui, sentado, sob a barraca. Há também um cão, mas o cão olha para Humboldt. O cão tem mais luz do que eu. Se concentrar bem os olhos, o senhor conseguirá enxergar-me em meio à penumbra da barraca. Está certo que assim seja. Foi isso que ele tinha em mente quando me pediu, numa carta, um esboço barato de minha 'bela figura de perfil', para constar nessa gravura. Nesta outra, fomos representados numa palhoça, na

selva da América do Sul. Estou ao centro, mas Humboldt, à esquerda, está sentado na imponência de sua sabedoria. Está de chapéu. Humboldt podia ficar de chapéu na minha presença. Ele era o nobre. A seus pés está o corpo inerte de um macaco. Mortos, os macacos são sinistros. Eu escuto com atenção as palavras de Humboldt, pronto a anotá--las para o livro que depois nós escreveríamos. Humboldt me ensina. Na mais bela das gravuras, esta aqui, cópia de um quadro a óleo, ainda há palhoça, desta vez às margens do Orinoco. Uma luz divina cai sobre Humboldt, fazendo luzir seu casaco amarelo. Estou quase oculto, tendo por detrás a floresta. Eu seguro uma lente na mão direita e uma planta na mão esquerda. Meu olhar volta-se para Humboldt. Ele está transfigurado, exausto por haver escrito tantas e tantas páginas. Eu, na obscuridade, o observo.»

– O artista quis homenagear o senhor – diz Avé-Lallemant –, o que é merecido.

«Homenagear-me? Estou nas gravuras para equilibrar o desenho e para ser fiel à verdade. Tenho uma função estética e histórica. Humboldt sempre foi justo comigo. Em todas essas figuras éramos jovens. Depois que nos separamos, cada qual envelheceu a seu modo. Ao contrário do que ocorreu comigo, Humboldt passou a ser retratado por pintores cada vez mais talentosos, mantendo o frescor da pele rosada e o brilho das íris azuis. Isso antes que viessem as fotografias. Não gosto de fotografias. As fotografias tiram qualquer possível dignidade das pessoas. Eu tenho só esta fotografia, que tirei em Montevidéu. Olhe. Tenho também uma fotografia de Humboldt. A velhice brutalizou meus traços; quanto a Humboldt, refinou-os. Humboldt, depois que nos separamos, depois de outras longas viagens, com outros amigos, voltou a viver nos palácios, universidades, salas de conferências e academias, que são o seu meio. Eu voltei para o rancho em que estamos, e por meu desejo.»

Don Amado Bonpland não mente. Todos o conhecem. Vê-lo num rancho é natural.

– Agradeço-lhe por me contar seu passado – diz Avé-Lallemant.

«Eu conto meu passado para dar algum sentido à minha Posteridade. Só agora entendo uma pergunta que me fez Humboldt quando ainda estávamos a bordo do *Pizarro*. Tenho filhos que são jovens índios, netos de guaranis, um povo que só conhece o outrora. Um homem comum, entretanto, deve pensar no que virá depois de si. Para tal, esse homem tem apenas sua biografia, e com ela, só com ela, deve construir sua Posteridade. Entretanto sei que, ao fim de tudo, isso não interessará a ninguém, nem ao senhor, que veio de tão longe e padeceu por esses caminhos inundados. Talvez, sim, interesse aos leitores de romances. Ou nem a esses, porque há bons e maus romances.»

Agora dá-se um silêncio, essas pausas que acontecem quando as pessoas acham que não têm nada mais a dizer.

A tarde se adianta.

Avé-Lallemant vai buscar algo em seu baú de viagem.

Agora ele entrega a Don Amado Bonpland uma pequena caixa de ébano envernizado, com as dobradiças e a fechadura de prata:

– Queira aceitar. O barão von Humboldt deu-me a honra de ser o portador.

Na tampa, em marchetaria centro-europeia, desenha-se uma vistosa águia heráldica com as asas abertas.

Don Amado Bonpland pega a caixa, olha-a, agradece com um delicado movimento de cabeça, lança um olhar cortês sobre ela e, depois, em sinal de reverência, coloca-a no centro da mesa. Abre a caixa à luz evanescente. Vê o faiscar do ouro e do azul do esmalte. Ali dentro, sobre uma almofada de veludo verde, perpassada pelo perfume do cedro, jaz a condecoração prussiana da Roter Adlerorden, com sua placa, sua medalha e seu botão. Seu lema é Sincere et Constante.

Os nobres de qualquer país dariam dez anos de suas vidas para tê-la.

Mais um presente de Humboldt, obtido a um esclarecido monarca.

Don Amado Bonpland fecha a caixa. Sua voz é pequena, quase um sopro:

«Só um homem generoso como Humboldt pode dar esses presentes do coração. Eu me lembro de Humboldt assim como os planetas não podem esquecer a presença do Sol.»

CAPÍTULO XXXIX

No apartamento do Palácio de Bois-Préau, Aimé Bonpland embalava suas coisas. A generosidade dos príncipes não lhe dera prazo para desocupá-lo. Mas ele tinha pressa.

Ele ouvia, na distância da memória, a cantiga dos índios que escutara no canal Casiquiare, ao renascer de um ataque do seu mal. Julgava-a esquecida, e recuperá-la foi um consolo.

Por alguma razão a cantiga voltava.

Aimé Bonpland então considerou sua vida.

A Europa ficara despovoada depois da morte de Rose.

E o remorso de Aimé Bonpland o perseguiria até o fim dos dias. Suas marcas não são do sangue dos assassinatos comuns, mas a marca invisível para sempre impressa na alma.

Precisava esquecer tudo isso. Ele era um homem da América do Sul. Lá, ele esqueceria. Lá, dissolvido entre as árvores das florestas, ele seria outro. Seu pesar o impulsionava para fora, para lá, para a América do Sul, esse espaço sem remorsos.

Deixara de colaborar com Humboldt. Sentia um pesado constrangimento. Na América isso também seria esquecido.

Simón Bolívar o convidara para ir para a Venezuela. Descartou-o: na Venezuela iria percorrer os lugares antes percorridos com Humboldt.

Qualquer planta, qualquer inseto, iria lembrá-lo de Humboldt. Tudo, a Natureza, as árvores, as flores, os animais e minerais, tudo estaria tocado pelo olhar de Humboldt.

Na chegada a Cumaná, ainda teria a voz de Humboldt a seu lado e o braço de Humboldt sobre seu ombro.

Olhou para o parque fronteiro à Malmaison.

Havia sinais do verão no intenso brilho do pátio de honra à frente do palácio. Abriu a carta que deixara no fundo da gaveta. Era das Provincias Unidas del Río de la Plata. Releu-a. Ofereciam-lhe altas funções nas ciências naturais. Seu trabalho seria criar o jardim botânico em Buenos Aires e um museu de história natural.

Talvez lá ele purgasse suas faltas. E lá, estaria livre da sombra.

– Com licença – era Adeline. Emma estava ao seu lado.

Emma trazia uma grande boneca de porcelana. Segurava-a pela mão, como se a boneca fosse uma menina. Por um instante, Aimé Bonpland suspendeu o tempo, o juízo, a avaliação ética. Entregou-se a uma profunda compaixão.

– Para onde nós vamos, mon père? – perguntou Emma.

– Para um lugar bem distante. Para a América do Sul.

Emma disse:

– Lá tem piano, mon père?

– Sim. Muitos.

– Minha mãe não quer ir, mon père.

– Eu sei, Emma. Mas nós vamos tocar muito piano, lá. – E depois, para Adeline: – Josefina, se viva, gostaria que você fosse.

— Sim — ela disse. — Por isso vou. — Sorriu, amarga, ocultando os dentes: — E o lugar de uma esposa é junto do marido.

Ele levou a mão ao rosto de Adeline. Tocou sua pele. Teve a certeza de que não a amava.

— Adeline. Nos entenderemos. — Ele retirou a mão. — Nos entenderemos, na América do Sul.

Era sua vontade, não uma esperança.

— E agora, tenho de terminar isto. — E despediu-as.

Foi à sua lista de providências.

Levar os dois jardineiros mais experientes da Malmaison: Lechêne e Banville.

Levar as quinhentas mudas de videiras. Separá-las por variedades.

Mudas de todas as árvores de frutos cítricos.

Colocar tudo nos engradados.

Levar sementes de verduras e legumes.

Mudas de todas as flores da Malmaison. Rever as técnicas de Baudin. Estavam numa caderneta as técnicas de manter vivas as plantas em longas travessias náuticas.

Meus mil e quinhentos livros. Os caixotes devem ser construídos de tal forma que depois possam servir de estantes.

Levar as letras de cinco mil francos contra o Tesouro francês.

Apenas a roupa necessária.

O pequeno armário-farmácia.

Todos os instrumentos médicos e científicos que já estão em seus estojos.

Releu a lista. Nada a retirar nem acrescentar.

Essa pequena Europa iria dispersar-se, confundindo-se com a América do Sul.

Não escreveu, por inútil, os vasos com a rosa de Josefina. Um desses vasos estava sobre a sua mesa, iluminado pelo sol. As rosas tinham emanações de carne.

CAPÍTULO XL

Ao deixar a Malmaison pela última vez – e sabia ser a última, a derradeira, a final – não quis olhar para trás.
Despedidas são pequenas tragédias. Despedir-se é a maneira mais cruel de permanecer. Despedidas são ações inúteis. Nada recuperam do Tempo, nem o fazem ficar mais breve.

– Assim mesmo, Adeline. Sem olhar para trás. Nunca mais voltaremos aqui.

Naquele momento ele cerrou seu coração.

Nada iria fazê-lo sofrer de novo.

Nada mais o atormentaria. Decidiu-se a não mais sofrer.

E pegou Emma pela mão. No pequeno rosto, ele não viu lágrimas. Só olhos ansiosos por encontrar em Buenos Aires, à espera, como a mágica possível de seu sonho, como uma delicada expectativa e um desejo maior que sua infância, um piano.

Lechêne e Banville aguardavam no cimo da diligência. Ajudaram-nos a subir. Os jardineiros também não olharam para trás, mas apenas porque deveriam, como cocheiros imprevistos, olhar para frente, para a estrada do porto de Le Havre, o mais próximo.

Atrás, seguiam as carroças com toda a equipagem.

CAPÍTULO XLI

A chegada ao porto de Buenos Aires representou o início de algo. Aimé Bonpland tinha 43 anos. Ele trazia toda a sua vida naquele navio.

O Río de la Plata é imenso e majestoso, picado por marolas.

Aimé Bonpland, no convés, olhava por cima das edificações, por cima do imponente forte, para além das torres das igrejas coloniais e do casario cor de terra.

Olhava para a Natureza à distância, com suas verdes ondulações perdidas no tempo.

Era de novo a América do Sul. Aimé Bonpland foi tomado por uma exaltação, queria logo penetrar a selva, perder-se nela, cheirá-la, mordê-la.

– Por que está aí parado? – era Adeline.

Buenos Aires apresentou-se como cidade ilustre, entremeada da mais desqualificada população do universo. Os nobres usavam chapéus altos e andavam a cavalo. Pairando sobre a cidade, uma opressiva campânula de calor, luz e poeira.

No porto, nenhum representante do governo.

No livro da imigração que lhe foi apresentado pelo oficial em serviço, ele escreveu "Amado Bonpland".

Don Amado Bonpland, como logo o chamariam.

Fez descarregar tudo o que trouxera. No cais, ele contemplou sua existência: caixotes de livros, centenas de engradados com suas mudas de plantas, malas torturadas pelo áspero manuseio da tripulação e largos estojos com os instrumentos. À frente disso, imóveis e tensas, sua mulher e sua enteada.

Era preciso comprar, logo, uma propriedade com terra suficiente para plantar as mudas das plantas. Depois iriam para o Jardim Botânico.

– Quinta de los Sauces – indicaram-lhe. – Pertence aos padres. Tem sete hectares.

Don Amado Bonpland foi vê-la: uma casa principal, antiga residência dos padres, e mais uma, para empregados. Havia a torre assentada sobre uma base quadrangular e uma capela com bancos lustrosos de gordura.

Don Amado Bonpland comprou a Quinta de los Sauces.

Reservou um lugar retirado e lá depositou os vasos com a rosa de Josefina.

Comprou um piano. Mandou afiná-lo.

CAPÍTULO XLII

Os desgarrados que passavam pelas terras da Quinta de Los Sauces viam-no de chapelão de palha, mangas arregaçadas, pleno de força sob o sol, no comando de quinze homens.
Tinha pressa. Precisava salvar suas plantas.
Os jardineiros Lechêne e Banville tentavam acostumar-se à terra.
Plantou amoreiras, pessegueiros, macieiras. Plantou suas videiras separadas por castas.
Parava no meio da tarde e apoiava-se na enxada. Uma criada vinha trazer-lhe água.
Pôs uma identificação em cada nova cultura. Ali estavam os nomes das plantas, em espanhol e latim.
Dava ordens precisas a seus empregados.
Salvou a maior parte das plantas.
Durante dias sofreu uma forte recrudescência do seu mal. As auroras de sangue tingiam as cortinas de seu quarto. Depois dos tremores, veio a febre. Preparou para si o quinino, mais uma vez. Como tudo naquele corpo sadio, os sintomas se dissiparam. Mas não foram esquecidos.
Ele assistia à sucessão dos meses que não lhe traziam notícias das autoridades, agora empenhadas em disputas intermináveis.

CAPÍTULO XLIII

Muitos afirmavam que ele estava tomado por alguma dor do espírito. Falava o essencial com as pessoas. Saudava-as com um erguer de chapéu. Mesmo no entreposto comercial não se deixava ficar.

Ele se aborrecia com a mesquinha vida de Buenos Aires. Os homens eram minuciosos e rixentos, e as mulheres não enxergavam um palmo à frente de suas cestas de costuras.

Estava na sua plantação, coberto de suor, quando lhe trouxeram uma carta. Virou-a. Leu o nome do remetente. Algo despencou dentro de si. Era Humboldt.

Don Amado Bonpland procurou o alpendre.

Sentou-se.

Quebrou o lacre que trazia impresso o sinete heráldico de Humboldt, representando uma árvore e três estrelas. Abriu a carta com vagar. Virava suas dobras e apalpava a textura elegante do papel. Enfim, mostrou-se a letra regular e apurada de Humboldt.

Não eram censuras.

A Academia de Ciências de Paris elegera o doutor Aimé Bonpland como sócio correspondente. Mas a academia não é algo importante desde que se tenha, como você, a felicidade de estar cercado pela Natureza majestosa dos trópicos. Don Amado Bonpland sabia, embora a gentileza do amigo não revelasse: fora o empenho de Humboldt que lhe dera esse título.

Ao entrar em casa, Emma entregou-lhe o canudo que viera junto à carta. Don Amado Bonpland não o abriu. Deveria ser o diploma, com suas fitas escarlates e seus textos em latim medieval. Mandou colocá-lo num lugar que ele não pudesse ver.

Deveria agradecer a Humboldt.

Por um mês adiou a escrita da carta. Escreveu-a numa manhã, sobressaltado por um sonho.

CAPÍTULO XLIV

Na Quinta de los Sauces, à noite, escutava-se música. Os transeuntes diminuíam o passo de seus cavalos. Grácil, a música era novidade naquela residência austera.

A menina Emma, sempre vestida de cor-de-rosa, tocava peças românticas ouvidas à distância no parque da Malmaison. Aqui, em Buenos Aires, a Malmaison era sua casa, e o piano era seu. Seu padrasto volvia as páginas das partituras e, às vezes, tocava junto.

Adeline errava pela casa, enervava-se com o piano, com a sociedade provinciana de Buenos Aires, com a política de compadres, com a ausência de horizontes espirituais. Não havia uma Imperatriz a quem servir.

Os sons do piano cruzavam as noites de Buenos Aires.

Fizeram recitais para as famílias dos estrangeiros: franceses, alguns alemães, belgas e muitos espanhóis. Depois de alguns meses, vieram também alguns criollos, que conversavam durante a execução das músicas.

Num desses recitais em que tocavam a quatro mãos, ele se equivocou numa entrada do acompanhamento. Emma olhou-o com uma risonha repreensão. Seguiram; mas a partir daquele dia algo mudou.

Don Amado Bonpland sentia uma leve aversão a si mesmo.

Mas algo novo ocupava seu pensamento.

Era uma planta do Novo Mundo.

CAPÍTULO XLV

Como foi: Don Amado Bonpland enxergou aqueles grupos de homens de feições indígenas, sentados, reunidos nas tascas. Falavam por monossílabos e seus rostos mantinham-se impassíveis. Fixavam o vazio.

Ao verem Don Amado Bonpland, manifestaram algum breve interesse.

Don Amado Bonpland não era nada, a não ser aquele europeu dentre tantos.

As mãos deles, ásperas, adquiriam um gesto galante quando passavam aquela cabaça com um canudo para o homem que os servia. Todos bebiam do mesmo canudo de taquara.

Don Amado Bonpland pediu, experimentou.

Perguntou o nome. Era o mate.

E dentro da cabaça? Era a yerba mate do Paraguai, numa infusão em água quente.

Alguma coisa era reconhecível. Lembrou-se de uma descrição que lera num relatório de Bougainville, que estivera em Buenos Aires.

Os homens entremeavam o mate com a marijuana, fumando-a como se fosse tabaco. Seus olhos ficavam vermelhos.

CAPÍTULO XLVI

As mudas trazidas da França lançavam raízes e cresciam, à espera do jardim botânico. Don Amado Bonpland prestava serviços médicos. Curou o filho de um índio e nada cobrou. Mas fez-lhe um pedido.
No outro dia, o índio conduzia-o pelo mato. Dava-lhe puxões secos no braço. Levava-o adiante. Eram oito horas da manhã e muito quente.
Se Humboldt estivesse aqui, iria tirar o termômetro do estojo e anotaria, em seu pequeno caderno, a temperatura.
Estavam numa ilha desabitada no meio do Río de la Plata. Caminhavam havia mais de duas horas pelo arvoredo. Os gestos do índio eram agradecidos e esperançosos.
Don Amado Bonpland não se importava com o calor nem com os últimos mosquitos da noite, que se grudavam em seus braços. Pior sofrera no Orinoco.
O índio parou. Don Amado Bonpland parou atrás dele. O índio, como se abrisse o cortinado de um tabernáculo, afastou as ramagens.
Ali elas estavam, no centro de uma clareira.
– La yerba – disse o índio.
Cinco pés da yerba, idênticos, com cinco metros de altura, dispostos em círculo. Suas folhas luziam.
Don Amado Bonpland colheu algumas folhas. Observou-as. O índio o espreitava.

Verde-escuras e brilhantes na face em que apanham o sol; pálidas no verso. Triturou-as entre as palmas das mãos. Levou as mãos entreabertas às narinas. Com os olhos fechados, aspirou. Deixou que o aroma selvagem penetrasse as mucosas, subisse até o cérebro e à compreensão dos diferentes elementos que compunham as folhas.

Depois, à noite, ele escreveu: "Segundo os locais, o que eu vi foi uma raridade. Pés da yerba mate do Paraguai abaixo do Paralelo 34 Sul. Preciso subir, ultrapassar o Paralelo 30. Lá vou encontrar a yerba no seu estado natural". Então desenhou um asterisco e, ao pé da página: Yerba mate: *Ilex humboldtiana*.

Sua última homenagem a Humboldt.

Humboldt seguia a publicar a sequência da *Voyage*, e, em todos os volumes ali estavam, impressos na folha de rosto, os dois nomes: Humboldt e Aimé Bonpland. A tirânica bondade de Humboldt.

Dar o nome de Humboldt à yerba era fazer um pacto com a sombra.

CAPÍTULO XLVII

A YERBA MATE: no yerbal seus ramos eram cortados a facão, formando feixes, e depois os passavam sobre fogueiras, para retirar a umidade.

Esses feixes eram estendidos em jiraus suspensos, e postos a secar sobre as fumarolas de carvão. Depois eram batidos com varas que separavam as folhas dos ramos. Isso resultava numa composição que os europeus chamavam de "chá", para horror dos índios e criollos: chá era para doentes, mulheres e crianças. Aquilo era a yerba.

Colocava-se a yerba em cabaças que coubessem na concha da mão de um homem. Deitava-se água quente. Era o mate. O gosto era amargo. A cor, verde.

As pessoas, depois de sorverem o mate, sentiam o amargor e o verde em seus estômagos.

CAPÍTULO XLVIII

As Provincias Unidas del Río de la Plata sofriam dos males das nações jovens da América do Sul, que não se convenciam de sua independência. Precisavam de sangrentas lutas internas para se absolverem do seu monstruoso matricídio.

Esqueciam-se de que os verdadeiros inimigos eram os pérfidos brasileiros, com seu brutal desejo de se expandirem por todo o pampa, até o Río de la Plata.

As ruas de Buenos Aires amanheciam sob novidades desconcertantes. Cadáveres boiavam no rio. Ouviam-se disparos avulsos e toques de recolher. Os cidadãos, metidos à força no conhecimento das músicas militares, sabiam quando não poderiam sair de casa. Entretanto, sob a luz de velas, os cidadãos reuniam-se e conspiravam. Só nas igrejas havia certa paz, mas os padres também conspiravam.

Caudilhos sucediam-se no poder.

Os povos necessitam de paz para desenvolverem as artes e as ciências. Um jardim botânico e um museu de história natural amesquinham-se ante os assuntos graves de Estado.

E as autoridades esgueiravam-se de Bonpland.

Don Amado Bonpland, contudo, tornara-se amigo de Manuel de Sarratea, participando de seus saraus conjuratórios.

Sarratea foi eleito governador de Buenos Aires e nomeou Don Amado Bonpland para o curioso posto de "Naturalista de las Provincias Unidas". Dez dias depois de assumir, Sarratea foi tirado do poder, que recuperaria vinte dias mais tarde. Dois meses depois, iria perdê-lo.

Don Amado Bonpland associou-se a dois franceses para fazerem algo de útil no meio da turbulência.

Passou a estudar acerca das Missões dos padres jesuítas, ora em plena decadência depois de abandonadas à força no século anterior. Lá, lá nas Missões, acima do Paralelo 30, a yerba tinha seu lugar natural de crescimento. Os jesuítas sabiam como cultivá-la.

Don Amado Bonpland soube que dedicaria o resto de sua vida a essa metafísica yerba.

CAPÍTULO XLIX

A TARDE tornara-se abafada.
Tocavam piano.
Adeline os observava. Arejava-se com um colorido leque sevilhano. As janelas mantinham-se entreabertas, e do soalho vinha o cheiro da água borrifada sobre a madeira para reter algo do frescor da manhã. Naquela penumbra destacavam-se as teclas brancas do piano e, sobre elas, agitavam-se as mãozinhas nutridas de Emma e os dedos escuros, duros e agora calejados de Don Amado Bonpland.
Com um professor, Emma desenvolvera-se. As notas da partitura se transformavam em música, como se já não houvesse o instrumento a ser conquistado. Tocava melhor do que o pai as ágeis passagens em semicolcheias.
Don Amado Bonpland e Emma tocavam Rossini naquele dia. Uma obra fresca e leve.
Em meio à música, ele tirou as mãos do teclado. Emma seguiu tocando sua parte, até que parou.
Observou o pai.
Ele suspirou. Era difícil falar:
– Esta é a última vez que tocamos juntos. – E, vendo o olhar da filha: – Por algum tempo.
Voltou-se.
Disse para Adeline que era um homem infeliz. As autoridades não o atendiam. O jardim botânico e o museu

não saíam dos planos. A cidade nada mais tinha a oferecer senão pessoas traiçoeiras, pó, ruídos e barro. Precisava, em suma, deixá-las e subir o rio Paraná em direção a Misiones. Lá estava a yerba mate. Iria dedicar-se à yerba, que era impossível de ser plantada na latitude em que viviam. Iria mostrar ao mundo que a yerba era o grande remédio que a humanidade esperava. Isso era um desafio a qualquer botânico. A yerba também faria a riqueza aos povos da América do Sul. Ele iria realizar grandes negócios e ficariam ricos. Tinha se associado a dois comerciantes franceses e com eles subiria o rio Paraná à conquista da yerba.

E cada vez menos acreditava no que dizia.

Quando deixou de falar, por puro esgotamento, Adeline nada perguntou. Emma chorava. Foi para seu quarto.

Ele então concluiu, para Adeline: sentia falta da selva, da Natureza. Buenos Aires já fora explorada por vários botânicos, muito já fora escrito. Ele precisava deixar sua marca em sua passagem pela vida. Algo original e forte, diferente de tudo o que fizera com Humboldt.

Adeline levantou-se, pôs a mão no ombro de seu esposo:

– E isso não será por pouco tempo, Aimé. Sei que será para sempre – e saiu da sala.

Don Amado Bonpland olhava para o chão, onde ainda se viam as gotas de água.

Elevou o olhar, foi à janela, abriu-a por inteiro. As imagens, ao longo da estrada, oscilavam em meio à névoa do vapor úmido. Logo as nuvens toldariam o tempo e viria a chuva.

Eis o cenário para quem deseja partir.

Procurou seus jardineiros, falou com eles durante duas horas, escreveu quatro cartas. Foi à estante e escolheu duzentos livros, nem um a mais, nem um a menos. Aquilo não o agradava como havia imaginado. Duvidou ante os tantos instrumentos científicos, que evocavam seu passado. Escolheu um termômetro, um higrômetro, um microscópio, uma luneta telescópica e um sextante para medir a latitude. Reuniu líquidos, retortas e balões de vidro e seus suportes de madeira. Eram necessários para o tratamento do índigo, com o qual iria processar as sementes da yerba. Levaria mudas de índigo e instrumentos agrícolas. O índigo era a solução química necessária para quebrar a casca que impedia a germinação das sementes da yerba. Ele inventara esse método. Anotara-o num caderno.

O tempo degradava-se com rapidez, e o pesadume das nuvens ocupou todo o céu. Ouviam-se trovoadas à distância.

Do armário da copa pegou uma garrafa de vinho, um abridor, um cálice e veio sentar-se na sala, na poltrona de madeira e assento de couro. Abriu a garrafa, aspirou o perfume da terra local, e que lembrava amoras recém--colhidas. Sua boca encheu-se de saliva.

Serviu um cálice pela metade, ergueu-o à altura dos olhos e volveu-o contra a luz da janela. Fazia isso sempre. Bebeu um gole, impelindo-o em direção ao palato.

Se um raio caísse sobre sua casa e o fulminasse, ele não faria falta a ninguém.

Engoliu o vinho, que já perdera o sabor.

Naquele momento, dentro de seu esquife, em seu mausoléu na Igreja de São Pedro e São Paulo de Rueil, Rose descansava, livre das traições e do desejo.

Ah, ficar à distância de tudo, desse infinito remorso. Ah, subir acima do Paralelo 30, em busca dessa yerba. Essa yerba capaz de substituir uma vida.

Ninguém se interessara por ela, a não ser plantadores sem ciência e comerciantes estúpidos.

Essa yerba era a América intocada pela antiquíssima e circunspecta Europa.

Ele se apossaria da yerba como quem conquista seu destino e o conduz no rumo do esquecimento.

A yerba não constaria dos tantos volumes da *Voyage au Nouveau Continent*.

A yerba seria apenas sua.

Iria buscá-la em seu lugar de florescimento, nas Missões remotas. A yerba fizera o esplendor de um éden terrestre. Iria buscá-la em seu tempo mitológico.

Humboldt ensinara-o a observar e descrever a Natureza. Agora, Don Amado Bonpland iria fundir-se nela.

Era o que merecia e desejava.

CAPÍTULO L

Está na proa da sumaca *La Bombardera*, de sessenta toneladas, com duas velas e remos, posta a funcionar por alguns pilotos argentinos e índios. Sobem o rio Paraná. É quase um navio de alto-mar. Ali vão mais de vinte homens. Ele leva consigo as rosas de Josefina.

Don Amado Bonpland sente um embaraçado constrangimento, lembrando-se das frágeis embarcações que partilhou com Humboldt ao subirem o Orinoco.

Já ultrapassaram Rosario, e aproximam-se de La Bajada. A direção é sempre norte.

Mais uma vez Don Amado Bonpland rasga o corpo da América do Sul, mas esta América não é aquela que ele e Humboldt percorreram há quase vinte anos. É outra, tão diversa como se nada a unisse àquela em torno do mar das Caraíbas.

Esta América é branda, alegre, original. Ela não está nos volumes dos livros que Humboldt segue a publicar na Europa.

A seu lado, os jardineiros Lechêne e Banville. O jardineiro Banville, na América do Sul, desenvolvera o hábito de falar apenas por irritantes metáforas.

O rio Paraná se estreita na medida em que o barco sobe a correnteza. Em certos momentos bifurca-se em ilhas, formando canais de profundidade incerta. Noutros, o rio se confunde com os igarapés, e já é um pantanal.

Don Amado Bonpland observa as embarcações. São aventureiros de toda a espécie, comerciantes, militares, vagabundos, padres e colonos. Os que descem o rio Paraná trazem os barcos abarrotados da yerba mate. Irão vendê-la em Montevidéu e Buenos Aires. Negam-se a dizer de onde a trouxeram. Riem-se das perguntas de Don Amado Bonpland.

Numa canoa passa um homem barbudo, nu, europeu, deitado ao comprido. Toca sem qualquer arte um violão que cobre seu corpo. Bonpland nunca esquecerá essa música, embora pequenina, uns oito ou nove compassos.

Certas músicas de oito ou nove compassos penetram nossa alma e ficam para sempre. Nós as escutaremos na hora da morte. Então pensaremos, nesse instante final: "Perdi minha vida por essa música".

A vegetação ribeirinha torna-se espessa e emaranhada.

As árvores deitam os ramos sobre a face das águas, e os aguapés e nenúfares se agitam.

Ele vê a multidão de árvores e de plantas terrestres: ceibos, salgueiros, ingás, lapachos amarelos e espinilhos. Para além da cortina vegetal das margens do Paraná é o território das palmeiras-yatay. Lá vivem as capivaras, com seus olhos sem nenhuma maldade, e também os ágeis veados-pantaneiros e os lobos-guarás de caudas douradas.

Tudo aquilo emite sons novos. Gritos dos tachãs à distância, pipilos de bem-te-vis e, à noite, o tinir constante dos grilos e os roncos apavorantes dos bugios. Não há um segundo de silêncio.

O índio a seu lado lhe recita os nomes das plantas e das árvores – *i'mbapoy, am'bay, guayaibi* – e da tartaruga que nada junto ao barco.

O índio aponta para o voo lento das garças que, ao pousarem nos galhos dos ipês, recolhem suas asas num gracioso movimento cênico.

Os nomes na língua dos índios guaranis são ditos com a cavidade redonda da boca, com os sons graves que vibram pelas narinas.

Pela primeira vez Don Amado Bonpland vê essas plantas e animais sem a intermediação de ninguém.

Pela primeira vez Don Amado Bonpland viaja sem a necessidade de comprovar nada.

Pela primeira vez Don Amado Bonpland sente o frio da América sem precisar medi-lo.

Um tronco choca-se contra o casco de *La Bombardera*. Don Amado Bonpland abre os olhos.

Então as pálpebras pesam, e ele se apoia na mureta do tombadilho, o braço enlaçando um pilar da estrutura do telhado da popa.

Acorda-se: vem uma sombra. "A sombra, sempre a sombra", ele diz. Com o lenço ele seca o suor do rosto e do pescoço. "Até quando, a sombra? As sombras têm a cor das coisas que elas atingem. Hoje a sombra é cinzenta e morta."

– Longa, nossa viagem – ele diz para Banville.

– E mais longa – diz o jardineiro – é a mão da consciência.

Don Amado Bonpland concentra-se no que faz aqui e hoje na *Bombardera*.

Ele tem um destino que o leva em frente, a yerba.

Mas a yerba mate, por quê? Enfeitiçar-se por uma erva?

Ele pergunta:

— Por que, Banville, um homem, de repente, só pensa em algo e não consegue pensar noutra coisa?

— Porque essa outra coisa – responde o jardineiro – seria para ele uma tragédia do espírito.

CAPÍTULO LI

D<small>ON</small> A<small>MADO</small> B<small>ONPLAND</small> navegará por um outono inteiro, rio acima.

Os jardineiros perguntam-lhe quando chegarão. Seus sócios franceses ficam pelo caminho, ao saberem de outras oportunidades concretas de negócios. "Melhor assim. Já não preciso de disfarces."

Ele conhecerá as tonalidades lânguidas e inclinadas da luz na região meridional da América do Sul.

As flores das paineiras, porque altas, são os primeiros seres vivos a receberem o frescor das novas aragens.

Os dias passam a ficar mais curtos. Os pássaros recolhem-se mais cedo. Aparecem novas estrelas. O Cruzeiro do Sul começa a baixar no horizonte. O ar é nítido. O brilho da Via Láctea torna-se mais vivo.

As noites são frias. Nas manhãs, eleva-se uma nuvem de vapor que passa a errar pelas margens do rio.

Certa manhã, em terra, Don Amado Bonpland vê a primeira geada nestes domínios geográficos. Os campos estão cobertos por uma fina película branca. Ele tira as botas para pisar sobre o gelo. Eis um prazer.

Don Amado Bonpland passará por aldeias. Ali haverá muita miséria. Nelas vivem espanhóis, criollos e índios. Descerá em várias delas. Permanecerá por dias, semanas.

Afasta-se de tudo, interna-se na selva. Lá, longe de tudo que fere sua alma.

CAPÍTULO LII

Portanto, ele o chama:
— Responda-me de novo, Banville.
— O quê?
— Por que um homem, de repente, só pensa em algo e não consegue pensar noutra coisa? Eu só penso na yerba. Responda.
— Não lembro. A mente humana é um poço de esquecimentos.
— Eu sim, lembro-me de sua resposta, Banville: um homem só pensa em algo porque outra coisa seria uma tragédia do espírito.

CAPÍTULO LIII

UM DIA, ele descobre pelo sextante: cruzou o Paralelo 30. Depois, já está no Paralelo 29.

Ele passa a observar com atenção a Natureza: daqui para cima a yerba poderá surgir em sua plena fertilidade.

Don Amado Bonpland percorre os vestígios dos prédios missioneiros. Ele procura descobrir, enquadrada pelas ombreiras de uma janela barroca aberta para o nada, uma plantação da yerba.

As Missões são ruínas.

Vistas ao amanhecer e ao poente, propagam uma luz irreal e argilosa. Parecem ainda vivas. Em pleno sol, são pedras de arenito rosado, empilhadas numa precária arquitetura, na qual a imaginação preenche o que foi desmantelado pelas eras.

Don Amado Bonpland aproxima-se.

As raízes dos umbus e figueiras-bravas constringem com violência as colunas, esquartejando-as; depois sobem pelos capitéis dóricos, ganham as arquitraves, os frisos, as cornijas, e dali erguem-se num céu de inverno, oferecendo-se com graça e lento vagar ao vento sul.

Conhecerá um índio que lhe dirá:

– Tudo isso foi uma aldeia e uma igreja. Hoje alguns de nós ainda sabem tocar flauta e violino.

Nunca mais Don Amado Bonpland irá vê-lo, mas suas palavras foram extraordinárias.

Em San Ignacio há um portal enorme, flanqueado por duas colunas. No século anterior, ali cruzavam índios e padres em direção ao altar, passando por uma nave que hoje é apenas um devaneio.

Em Candelária ele, disentérico, vai aliviar-se no mato próximo. Está desatento à vegetação, mas ao levantar-se, apoia a mão num tronco esguio. Sente-lhe a textura.

Confirma com o olhar: é uma árvore da yerba.

Olha adiante: está na borda de uma plantação enorme, em que pode distinguir, em meio à arborização desordenada e posterior, renques sucessivos da yerba mate.

Há uma intenção e um ordenamento: alguém as plantou.

No meio, solitária e nobre, mancha forte dentre o verde, emerge a ruína de uma torre, cindida no sentido vertical. A vegetação penetrou entre as gretas da alvenaria. Tudo é muito antigo.

Então se completa o quadro instantâneo, igual ao que Don Amado Bonpland conhece dos jardins ingleses da Malmaison. Eram as ruínas artificiais. Era o gosto de Rose. Don Amado Bonpland sente aquele fenômeno inquietante: "Já vi isto, esta torre. Isto não é novo".

– Aqui – murmura para si – termina minha viagem. – E dá suas primeiras ordens.

No lugar vivem mais de duzentos índios, da pesca e das suas pequenas plantações. Colhem a yerba de maneira anárquica. Don Amado Bonpland contrata-os. Depois de o conhecerem melhor, apelidam Don Amado Bonpland de Gringo Loco.

Ele chama os jardineiros que trouxera. Despede-os. Explica-lhes que foi um equívoco terem vindo. Dá-lhes dinheiro suficiente para voltarem a Buenos Aires e, de lá, para a França. Eles agradecem e retornam no primeiro barco que desce o rio Paraná. Na Europa, divulgarão a história da demência que se apoderou de Aimé Bonpland.

A missão ainda mantém algumas paredes descontínuas, amparadas por caibros. No centro, a enorme plaza brilhante de luz, silenciosa. Tudo isso é muito presente e, no entanto, tão distante.

De *La Bombardera*, antes que ela tome o curso do rio no sentido contrário, busca os vasos com a rosa de Josefina.

Dias depois, transplanta-as para outros vasos. Faz novas mudas, de sorte que a rosa é outra, mas sempre da mesma linhagem.

Ele a rega a cada três dias, e com uma lente de aumento constata o pausado intumescer dos botões.

A roseira prepara-se para a primavera, que Don Amado Bonpland sentirá nas virações brandas do ar e no espanto alvoroçado dos quero-queros em defesa de seus ninhos rentes ao chão.

Manda construir, ele mesmo trabalhando com os índios, uma pequena casa, aproveitando uma das paredes jesuíticas.

*

Logo termina o inverno.

A antiga plantação dos jesuítas foi roçada, podada. Reaparece o antigo alinhamento jesuítico.

As rosas de Josefina prosperaram, com três flores da sua cor de carne.

Don Amado Bonpland amplia as utilidades do terreno com plantações de cana-de-açúcar, algodão, feijões, milho, tudo para ser utilizado ali mesmo. Já comanda mais de trezentos homens e suas mulheres, que moram em casinhas iguais à dele.

Alguns juram que ele não tem sono nem fome.

Podem vê-lo à luz da lua.

Em sua casinha ele senta-se, acende o lampião e pega um livro. Lê até madrugada alta.

O livro cai sobre seus joelhos, acordando-o. Retoma a leitura e lê mais uma página.

Atira-se na cama, fazendo ruído no colchão de palha.

Coleta plantas, classificando-as com nomes estranhos.

Já sabe usar com perícia o índigo, e, com ele, romper a dureza dos envoltórios coriáceos das sementes.

Prepara um viveiro de mudas e assiste ao lento germinar da yerba.

O verão aparece com chuvadas que incham o rio Paraná.

A pele de Don Amado Bonpland ganha uma tonalidade madura e viçosa.

Inspeciona, junto com seu povo, a Missão de Santa Ana. Instaura novos cultivos.

Don Amado Bonpland olha para a plantação que se liberta de seus antigos donos religiosos e que agora é sua.

Ele está cercado pela plantação.

Ele diz: "Aqui ficarei para sempre".

Faz amizade com um cacique das redondezas, e que conspira contra o Paraguai. É Aripi, e ajuda Don Amado Bonpland.

Aripi, com suas milícias indígenas, promove razias contra tudo o que é paraguaio ou que mantenha amizade com Asunción. É uma ação perigosa.

Don Amado Bonpland observa a outra margem do rio.

Lá é o Paraguai.

Todos sabem que lá reina um colérico príncipe republicano, o doutor Francia.

CAPÍTULO LIV

O DOUTOR Jose Gaspar García Rodriguez de Francia y Velasco, membro da aristocracia criolla é – e por todo o futuro o será – El Supremo, Dictador Perpetuo del Paraguay. O título, com seu espantoso adjetivo, conquistou-o por mérito: declarara a independência do Paraguai antes dos feitos de Bolívar e, desde então, o doutor Francia e o país são uma só coisa.

Ele é o Caraí Guaçu, o Senhor Grande.

Sua aparência de claustro é quebrada pelos abundantes cabelos negros, que usa presos na nuca por um nastro de crepe. Tem as mãos e o rosto cerosos dos cadáveres. Jamais deixa de usar o chapéu de três pontas, fora de moda há vinte anos. Sua saúde é tão instável quanto seus humores. "Sofro de todos os males da Terra", diz a seu impotente médico.

Fechou o Paraguai para o mundo, fortalecendo as fronteiras com índios armados. Odeia estrangeiros, e gosta de tê-los em prisões espalhadas pela geografia de seu país.

Maltratou os padres, confiscou os bens da Igreja e liquidou a Santa Inquisição em nome do Iluminismo, de que se considera herdeiro. Possui todos os volumes da *Encyclopédie*.

Indiferente ao bem e ao mal, encolerizado por uma revolta, massacrou cinco mil índios, fincando suas cabeças em pontas de estacas. Denominam este tempo de "a idade das cabeças serenas". A partir daí, alguns o chamavam de Doctor Sangre.

Doutor em Teologia, Mestre em Filosofia, Bacharel Licenciado, fala todos os idiomas da cultura ocidental e sabe de cor o *De bello gallico*, a *Litania Lauretana* e a *Déclaration des droits de l'homme e du citoyen*. Escreve em latim como se escrevesse em espanhol. Fundou escolas primárias e, ao final de sua vida, não haverá analfabetos no Paraguai.

Ao cavalgar pelas ruas de Asunción, os cidadãos devem manter as janelas fechadas e, ao enxergá-lo, têm de voltar-lhe as costas.

Conhece o Paraguai como seu próprio corpo.

Nada lhe escapa: desde o choro de um nascituro no Chaco até a morte de um sapateiro em Itapúa.

Sua voz é doce, feminina. Mandou matar todos os cães a tiros. Em outra rebelião, torturou e fuzilou centenas de membros de sua própria classe.

Nenhum paraguaio pode sair do seu país.

Seu quarto de dormir constitui-se por uma cama de cedro, uma singela mesa, um lampião enfumaçado e uma prateleira com livros de Voltaire e Rousseau. Inspirado em Robespierre, sua austeridade é febril e intolerante. Usa sempre a mesma roupa, cor de nada, até que esta se desfaça. Paga todos os impostos e diz ter o necessário para viver.

Todo esse aparato de parcimônia é pouco diante do seu zelo pelo que considera o bem nacional mais precioso, o que move o país, a fonte primordial de riquezas, a artéria por onde corre o sangue da força econômica: a yerba. Mandou fazer seu retrato, no qual aparece tomando mate.

Caraí Guaçu julga que o Paraguai tem direito universal ao monopólio do seu cultivo, da colheita, da manufatura e do comércio. E irá impor esse direito, nem que tenha de tiranizar até a morte as pessoas que desconfiem de seu onipotente patriotismo.

Este é o homem que, um dia, soube da existência de Don Amado Bonpland – um estrangeiro e interessado na yerba – no outro lado do rio Paraná, terras que o doutor Francia considera do Paraguai.

CAPÍTULO LV

MADRUGADA calma no reduto de Don Amado Bonpland. No horizonte há apenas a luz da aurora, que ilumina as nuvens altíssimas e esgarçadas do poente, no extremo oposto do céu. Nas caldeiras do índigo o líquido arrefece. Ainda há brasas.
Tudo está calmo sobre a Terra.
Don Amado Bonpland ressona em sua curta tarimba. Não usa travesseiro. Seus pés projetam-se para fora do lastro e tocam a parede.
Os índios espalham-se pelas cercanias do estabelecimento: debaixo das árvores, como se houvesse sol forte ou, então, às margens do rio e do arroio Iabebiri. Gostam, mesmo dormindo, de escutar os sons da água e das borbulhas dos peixes levados pela torrente.
Don Amado Bonpland sonha.
E nesse sonho, uma dor profunda rompe seu crânio.
Ele se acorda para a dor. Abre os olhos. Não enxerga.
Sente o morno do sangue em sua testa.
A consciência desfaz-se.

*

Já é dia.
Aos poucos volta a si. Está no terreiro à frente da

casa. Vê-se arrojado ao chão. Não consegue desprender os pulsos, atados às costas por um nó de corda.
Eis: escuta um estalo.
Algo se quebra. Sente de imediato a mão vigorosa que comprime seu pescoço. Don Amado Bonpland está perante rostos de guaranis que não conhece. Sente-lhes o cheiro de macela e de suor.
Ele se agita. Seu corpo se debate, mas a mão aperta mais forte.
Tenta erguer-se, mas a dor na cabeça faz com que vacile.
Em meio ao espanto e à humilhação, olha em volta: seu estabelecimento está em chamas. Seus agressores são dezenas, capazes de, pela força bruta e pela ameaça das armas de fogo, subjugar todos os índios que ali trabalham para Don Amado Bonpland.
À sua frente, um guarani feroz, uma espécie de capitão da tropa inimiga.
Don Amado Bonpland sabe que sua vida acaba de mudar, e não será por pouco tempo. Talvez a perca.
– Solte meus homens – ele pede.
O capitão demonstra uma seriedade cruel e obstinada:
– São seus cúmplices. O senhor nega que praticou um crime contra El Supremo?
Antes de que possa responder, os agressores lançam bombas incendiárias em tudo que ainda está intacto.
As caldeiras do índigo são quebradas a golpes de pedra e martelos. É uma questão de tempo para que nada mais reste.
O estabelecimento é, agora, um montouro de ruínas calcinadas.

O fogo alastra-se e toma conta dos ervais. Há o odor forte da yerba queimada. É perda, destruição, amargura.

Ao som de tiros, Don Amado Bonpland sobressalta-se. Nada enxerga no meio da fumaça.

– O que são esses tiros?

– Alguns de seus índios fugiam. Foram alcançados pelas nossas balas.

Don Amado Bonpland baixa a cabeça. Erguem-no. Entrega-se ao caminho para o qual o empurram, e que termina no rio. Ali há várias barcas. Foram essas barcas que transportaram os agressores durante a noite.

– Suba – diz-lhe o capitão, indicando uma das barcas.

– Vou ser morto?

– Quem sabe disso é Caraí Guaçu.

Don Amado Bonpland tem a boca inundada pelo sabor do sangue. A cabeça dói no lugar do golpe. Ele observa seu estabelecimento, que desaparece no outro lado do rio. Do rio saem emanações de barro, de lama, de peixes.

CAPÍTULO LVI

Vivo está, e prisioneiro. Prisioneiros estão seus índios. Está do lado paraguaio do rio Paraná, numa casinha antiga a ponto de ruir, numa elevação em meio a uma planície. Aqui é o Paraguai. São campos banhados de calor. Chamam a este lugar de El Cerrito, Itapúa.
Estar em território do Paraguai significa estar preso.
Don Amado Bonpland, depois que lhe desamarram os pulsos, depois de saber de seus homens, depois de saber que eles são aos poucos libertados, espera que algo lhe aconteça.
Ali ele dorme.
Quando o sol atinge seu rosto, um dos seus índios o observa. O índio diz-lhe que as roseiras estão salvas, nas traseiras da casinha do Cerrito.
– Gracias – diz Don Amado Bonpland. E quer levantar-se. O índio põe o dedo sobre os lábios e desaparece pela porta.
Por ali entra o capitão, que lhe entrega um documento assinado por El Supremo.
Caraí Guaçu acusa-o de vários crimes.
Ocupou sem autorização uma terra que pertence histórica e etnicamente ao Paraguai.
Pôs em perigo o monopólio paraguaio da yerba mate.

Aliou-se a índios hostis ao Paraguai.

A partir daí, por decisão do Caraí Guaçu, Don Amado Bonpland deve residir ali mesmo, no Cerrito, naquela casinha. Está preso. O Cerrito será vigiado noite e dia.

Caraí Guaçu tem todos os dias notícias de Don Amado Bonpland. Essas notícias são-lhe necessárias para viver.

Don Amado Bonpland sabe o quanto deve respeitar as contradições de seu oponente.

Cada qual sabe da grandeza do outro.

Entre eles há lugar para dor e angústia, mas também para o fascínio.

CAPÍTULO LVII

"Eu soube transformar tudo isto num lugar", diz Don Amado Bonpland a quem o visita no Cerrito. "Cheguei aqui prisioneiro. Cheguei sem meus livros. Foram queimados pelos homens do doutor Francia. Cheguei meio morto e, aos poucos, decidi que estava bem. O doutor Francia me concedeu a liberdade de me estabelecer, praticar a medicina e plantar o que quisesse, mesmo a minha querida yerba. Ele me quer prisioneiro, apenas. Meu yerbal cresce ainda melhor do que em Candelária. Estou há dois anos sem livros. Eu olho para o teto e procuro ler palavras formadas por letras imaginárias. Às vezes alguém me consegue um fragmento de jornal de Buenos Aires. Livros, não. Eu sonho com os livros, todas as noites. Alguns homens têm sonhos obscenos. Eu sonho com os livros – minha forma de obscenidade. Falta-me a sensação corporal do livro, falta-me o ruído lascivo das páginas ao serem folheadas, o cheiro do couro, da cola, do apodrecer lento das páginas. Os livros têm existência material para que as ideias não se percam. As ideias, agora, eu as procuro nas sinuosidades da memória. Isso me salva da loucura."

Quatro anos depois, ainda prisioneiro, ele dirá:
"As maiores descobertas surgem de modo brusco, mesmo que as tenhamos cultivado por anos. Um dia abri a porta desta minha casinha. Eu saí. Eu parei. Eu inspirei o

ar frio. O sol erguia-se no horizonte, e logo cobria de luz a planície e os vales. Os sabiás cantavam, era 14 de outubro. Um miraculoso pé de glicínia, ali plantado por alguém, explodia em roxo. Nesse dia eu, sem meus livros, passei a ler a Natureza. Nesse dia, não me lembrava de nenhum livro, de nenhuma frase, de nada. Nem dos livros que eu havia escrito. Eu podia ler a Natureza viva, sem seus nomes, sem suas teorias. Foi nesse dia que eu entendi, na maior profundidade, o pensamento da Imperatriz Josefina. Um homem ilustrado que dispensa os livros é um homem sábio. Um erudito necessita dos livros; os sábios os escrevem."

Depois de seis anos:

"Na verdade, o doutor Francia, mantendo-me preso, me liberta da civilização. Passei a chamar as plantas apenas por seus nomes seculares. Isso foi um grande bem. Caraguatá, Yvoty, Jarakaxi. Esses nomes não passam pelos compêndios. Sem meus livros e com a memória desgastada pelo isolamento, eu me esqueço dos seus nomes latinos, mesmo daqueles nomes que eu lhes dei. Quero me lembrar e não consigo. Quando isso aconteceu pela primeira vez, pensei que este longo cárcere me tinha afetado as faculdades do pensamento. Julguei que entrava na velhice prematura e dissolvente. Aos poucos, porém, isso não era mais importante. Hoje, já não me faz falta. Só tenho na memória a *Josephina Imperatrix* e a *Ilex humboldtiana*. E outro nome, que diz tudo que foi minha vida. Irei me lembrar dele quando não tiver mais razões para continuar vivo. Mesmo que eu recupere meus livros que estão em Buenos Aires, meus compêndios científicos, vou lê-los como se leem livros de poesia. Está me entendendo?".

E depois de nove anos, ainda cativo no Cerrito:

"Minhas reais descobertas são aquelas que podem ajudar as pessoas a viverem melhor, tanto do espírito como do corpo. Essa é uma forma bela de viver".

CAPÍTULO LVIII

Asunción. Três da madrugada.

É o quarto ano de prisão de Don Amado Bonpland. Caraí Guaçu está desperto, com suas dores no ventre, nos testículos, no joelho direito. Sofre de doenças reumáticas espalhadas pelas articulações. Nevralgias incendeiam suas mandíbulas e têmporas.

Quando urina, o ardor toma conta da base do púbis. Ao defecar, é como se o empalassem com ferro em brasa. Suas fezes são negras de sangue.

Tem febres inexplicáveis que, ao desaparecerem, deixam-no cada vez mais prostrado.

Se fosse um homem qualquer, diria: "Sou um desgraçado".

Nesta noite, ele pensa no doutor Bonpland, a cinquenta léguas de distância ao sul. Médico formado e francês – da terra das Luzes.

Caraí Guaçu caminha pelo quarto, à espera da aurora que julga perceber na falsa luz de um candeeiro junto ao umbral da porta da Casa de Governo.

Durante o dia, o trabalho exaure-o e ele esquece de que tem um corpo. À noite, esse corpo materializa-se como um espectro maligno que aprisiona sua inteligência. Caraí Guaçu é, então, um animal entregue a uma dor absoluta, sem paz nem futuro.

O alcance dessas doenças sabe apenas seu médico, que lhe aplica remédios dos índios: unguentos de agrião, essências de uredineas e tantos outros de que desconhece.

O doutor Estigarríbia já não conta as vezes em que foi expulso do quarto de Caraí Guaçu, sob a acusação de inepto, mas não só: de traidor.

O médico também lhe ministra láudano e, às vezes, ópio concentrado. Funcionam com tal perfeição que é possível observar o rosto do paciente, antes crispado pela dor, adquirir aos poucos uma beatitude angélica. É o momento em que Caraí Guaçu diz tolices, enovelado em seu mundo de fantasia. Apenas nesses momentos ele mente.

Passado o efeito do láudano, restaura-se o inferno da verdade.

Ontem ele chamou o doutor Estigarríbia. Perguntou-lhe se acreditava na ciência médica do francês.

– Sim – disse o doutor Estigarríbia. – Acredito no prisioneiro de Vossa Excelência. Ele deveria examinar Vossa Excelência.

As últimas palavras do doutor Estigarríbia ainda soam nesta noite.

Caraí Guaçu senta-se à borda da cama e limpa o suor da testa com as costas da mão.

Ergue-se. Junto à janela, ao correr o olhar pelo negror do céu, constata seu engano. São quatro da madrugada, ainda. Longas são as noites dos que sofrem.

Quando surge o sol, ele tem a camisola pegada ao corpo. O ar fresco gela sua pele.

A paz retorna a seus órgãos.

Sua inteligência volta a ampará-lo.

O criado vem trazer-lhe o mate e, numa travessa de prata, alguns biscoitos, que ficarão intocados. Daqui a pouco irá receber um prelado italiano que vem para pedir, em nome de Sua Santidade, o papa Leão XII, a libertação do sábio Aimé Bonpland. Caraí Guaçu dirá "não". Já são inúmeras as autoridades mundiais que ele tem o prazer de contrariar. Já lhe pediram a libertação Simón Bolívar, mais o Rei da Prússia, o Imperador do Brasil, o Presidente da Academia Francesa, Alexander von Humboldt, o Presidente dos Estados Unidos e mais uma legião de cientistas, doutores de universidades, escritores e filósofos. Simón Bolívar disse que mandaria um exército para libertar Aimé Bonpland, ao que o doutor Francia apenas sorriu.

Com todo esse interesse, o Paraguai passou a existir para o mundo.

Neste momento e nesta manhã, Caraí Guaçu está pronto para ser, de novo, El Supremo.

Põe o chapéu tricorne e caminha à audiência. Tira-o ao entrar na sala. O prelado espera-o de pé, com diplomática bonomia.

Ao fazer uma pequena mesura, El Supremo diz ao prelado a jaculatória *Sia lodato Gesù Cristo*. Enquanto o prelado diz *Ora e sempre sia lodato*, El Supremo toca seus lábios secos no gelado anel eclesiástico de safira azul.

Quando levanta a cabeça, o prelado reconhece aquele olhar irredutível. É bem o que lhe anteciparam.

O prelado desaba em si mesmo: veio de Roma por nada.

Sim, nada é tão certo.

CAPÍTULO LIX

Ao fim da manhã, El Supremo despede o prelado romano com a ordem de abandonar o país no prazo de dois dias. Ao papa, o prelado levará apenas explicações.

Como uma nuvem de desconforto, passa pelas ideias de Caraí Guaçu o seu prisioneiro do Cerrito. Vieram dizer-lhe que o francês recebera a visita de dois sábios belgas, também presos: "Carajo, o que tem esse espião que todos o procuram?".

A tarde é ocupada com os despachos. Há um grande plano de criar escolas em cada Província. As tardes são para pensar na própria glória.

Sete horas do entardecer: agora virá o terror de outra noite, de todas as noites.

Hoje são dores que não sentiu antes. Colhem-no pela região dos rins. Ele leva as mãos às costas, rilha os dentes, dobra o corpo para trás.

Ao ver-se no espelho, ele se pergunta por quanto tempo seguirá a temer as noites.

Volta a pensar em seu famoso prisioneiro.

Poderia enviar o doutor Estigarríbia ao Cerrito, para lá receber instruções do francês. Desiste: nenhum médico pode tratar de um doente sem enxergá-lo, sem apalpá-lo.

Caraí Guaçu seca o rosto com uma toalha de linho. Põe a língua para fora, examina-a ao espelho.

Deita-se, abre a página inicial do *De bello gallico.* O olhar corre pelas linhas de Júlio César, Gallia est omnis divisa in partes tres..., mas os lábios murmuram a Litania lauretana: Mater Christi... Mater purissima... Mater castissima, Virgo fidelis...
Um vago sonho, do qual não irá lembrar-se.
Logo se acorda.
É a dor.
Levanta-se e olha para o nada, para o negror do quarto, como fazem todos os que sofrem.
Na manhã seguinte, imerso na banheira de cobre, as narinas aspirando o vapor do alecrim, ele já tomou a decisão.
É desonroso levar um francês a Asunción sem que venha dentro de uma jaula.
Caraí Guaçu em pessoa irá ao Cerrito.
Cumprirá as tantas léguas como fosse uma digressão por seu país, para conhecer melhor o seu povo. Organizará tudo para que chegue ao Cerrito durante a noite. Irá acompanhá-lo o doutor Estigarríbia. Os outros, os fâmulos, sua guarda pessoal e seus lacaios irão ficar pelo caminho, estabelecendo a proteção para o retorno.
Nenhuma autoridade, entretanto, consegue disfarçar-se da vigilância da História.

CAPÍTULO LX

Don Amado Bonpland volta para sua casinha e pede a um índio que acenda dois candeeiros e o deixe só.
Senta-se. Sabe que, nesta hora, sua ciência deverá ser melhor do que nos últimos tempos.
Há quinze minutos ele acompanha a pequena luz que se aproxima pelo campo.
Ele sabe de quem se trata.
Pouco depois, ele escuta o rumor de vozes abafadas.
Prepara-se.
Caraí Guaçu é como Don Amado Bonpland imaginava, e ainda pior. Ao entrar na casinha, ele traz nas voltas de sua capa os cheiros ardidos da noite. Caraí Guaçu corre os olhos por toda a pequena peça. Seu rosto não se move, só os olhos é que giram, nervosos.
— Estamos a sós, Excelência — diz Don Amado Bonpland.
Logo surge na porta o doutor Estigarríbia; saúda com dois dedos na pala do chapéu e vai sentar-se a um canto.
— Dispa-se, Excelência — diz Don Amado Bonpland a Caraí Guaçu. — E deite-se naquela cama. — Diz: — Por favor.
O corpo de Caraí Guaçu, em sua cor fosca de vela e poeira, mostra as marcas deixadas pelas sucessivas doenças. Agora há um leve aroma de sacristia e incenso. Caraí Guaçu, naquele instante, não vale uma moeda.

Don Amado Bonpland senta-se ao lado da cama. Ao tentar tocá-lo no tórax, ele tem sua mão retida com força.

– Neste momento – diz Caraí Guaçu, em francês – o senhor é meu médico. Quando eu sair daqui, voltarei a ser o Dictador Perpetuo, e o senhor, meu prisioneiro. Nós dois saberemos cumprir nossos deveres.

Don Amado Bonpland pega uma cadeira e senta-se ao lado da cama. Sente que afrouxa o aperto sobre sua mão. Põe-se a trabalhar.

O que tem à frente é um organismo que se degrada: pulso irregular, fígado hipertrofiado, pulmões sibilantes. A anatomia muscular são farrapos esgarçados, presos de modo sobrenatural aos ossos. É possível dizer que este corpo não conseguirá erguer-se sem desabar sobre si mesmo.

Passam pelas lembranças de Don Amado Bonpland as palavras de Xavier Bichat: a vida é apenas o conjunto de funções que resistem à morte. No corpo de Caraí Guaçu essas funções são tênues.

Ali, naquela cama, naquele quartinho perdido em meio à Natureza da América do Sul, Caraí Guaçu não passa de uma criança.

O exame é demorado, mais por distinção formal ao paciente do que por necessidade. Caraí Guaçu padece de várias moléstias. Nenhuma delas leva de imediato à morte, mas se o atacarem todas ao mesmo tempo, esse conjunto é letal.

Caraí Guaçu soergue-se, apoia-se no cotovelo. Está lívido. O doutor Estigarríbia acode. Ampara a testa de Caraí Guaçu. O que vem a seguir é uma golfada de vômito negro. Pende a cabeça de Caraí Guaçu. "Ah, sou um desgraçado."

É madrugada.

El Supremo consegue acalmar-se, mas por pouco tempo. Ao abrir os olhos, volta a ser o que era.

Don Amado Bonpland explica-lhe as muitas doenças que se alojam no corpo de El Supremo.

— Sim — Caraí Guaçu interrompe-o. — Que estou doente eu sei. E o que me indica?

Don Amado Bonpland não precisa pensar muito.

— Raízes de turubi, folhas de quaraiá e mais uns unguentos de agrião. Também essência de uredineas, de que há tantas nas ilhas do rio Paraná. Posso mandar prepará-las. Tenho um índio muito esperto para isso.

— Ora, tudo isso já usei — Caraí Guaçu está de súbito encolerizado. — Esse charlatão — indica o doutor Estigarríbia — me impinge esses chazinhos dos índios. Mas remédios científicos, doutor? Remédios de verdade, doutor? Vim aqui por isso, doutor.

— Estes são os mais verdadeiros que conheço, Excelência.

E assim discutem. Cada qual repete as mesmas frases.

Caraí Guaçu ergue-se, pega suas roupas:

— O senhor faz curso de medicina no país das Luzes, no país de Lamarck, no país de Rousseau, de Robespierre, da Enciclopédia, e receita remédios dos índios. Para acreditar em superstições, doutor, não é preciso ser francês. Não sei o que vim fazer aqui. — E, para o doutor Estigarríbia: — Vamos embora antes que amanheça. E quanto ao senhor, doutor Aimé Bonpland, esqueça o que viu e a pessoa que recebeu.

Ao sair, Caraí Guaçu diz a Don Amado Bonpland:

– Já sabe o senhor: quando eu sair por aquela porta, o senhor é meu prisioneiro.

E assim o será por muito tempo.

ENTREATO IV

Estância Santa Ana, Corrientes, Argentina, 1858.

Avé-Lallemant levanta-se. Suas costas doem do rude encosto da cadeira.

– Fale-me da orquestra que o senhor criou no Cerrito. Já muito ouvi falar nela.

«Sim. Os avós dos índios guaranis que trabalhavam comigo, e por obra dos missionários jesuítas espanhóis, foram tirados da Idade da Pedra e jogados na Contrarreforma. Os jesuítas eram padres de muita devoção e muito jovens. Para enfrentar a selva era preciso ser jovem e ter uma fé avassaladora. Ensinaram os guaranis a plantar, e não apenas a colher. Ensinaram-lhes a criar os animais, e não apenas a caçá-los. Apresentaram-lhes vacas, touros e bezerros. Apresentaram-lhes os cavalos. Fizeram com que os cavalos trabalhassem para os guaranis. Os jesuítas ensinaram aos guaranis a música, o latim, o credo, o catecismo, o pecado e a existência do Inferno. As divindades de sua poética religião foram substituídas pelo Deus único, do qual Jesus Cristo era filho e também era Deus. Havia também o Espírito Santo, que era Deus. Quando os guaranis perguntavam como um Deus pode ser um e três ao mesmo tempo, os jesuítas respondiam-lhes que esse era um mistério da fé.»

Don Amado Bonpland está contemplativo.

«Quando cheguei ao Cerrito, que era ao lado da antiga Missão de Itapúa, os guaranis entremeavam latim à sua língua, mas não sabiam mais o sentido dessas palavras. Ainda rezavam em guarani. Usavam nomes cristãos, mas em casa usavam seus nomes indígenas. Sabiam o que era uma igreja. Entravam nelas, persignavam-se. Do tempo dos jesuítas restou o sentido da obediência. Obedeciam a El Supremo com a mesma confiança com que obedeciam aos jesuítas. A bem dizer: os guaranis não sabiam mais quem eram.

«Um guarani me apresentou uma flauta de bambu. Explicou que era de seu avô. Se sabia tocar? Sim, sabia, mais ou menos. O guarani extraiu algumas notas, pungentes e soltas, saídas não de sua boca, não do instrumento, não de seus pulmões nem do diafragma, mas do outrora. Naquela tarde, eu pensei muito. Lembrei-me de como gostava de música. Perguntei ao guarani se alguém mais sabia tocar algum instrumento. Em uma semana, tinha nove guaranis dispostos a formarem uma banda. Uma orquestra. Nenhum sabia ler música. Cada qual tocava o que lhe saía de seu coração. Com isso, e por mil vezes, lembrei-me de Rose e de seu salão sempre cheio de música. A banda tocava em meio ao campo, prolongando os poentes. Tocavam peças religiosas e leigas. Nem sempre os músicos chegavam juntos ao final da peça que executavam. Eram requisitados para casamentos e funerais, e todos achavam que eles tocavam muito bem.

«Mas como tudo o que aconteceu com os guaranis, também isso foi perdido.»

CAPÍTULO LXI

A QUEM PERGUNTA A Don Amado Bonpland acerca de seu sofrimento de ser prisioneiro de Caraí Guaçu – e são tantos que perguntam, índios, europeus, clérigos, soldados, oficiais – ele responde, sem suspender o que trabalha: com a liberdade que lhe deram, de dar consultas, plantar yerba e criar gado, começa a sentir-se um homem do lugar.

A mão do doutor Francia é apenas visível quando Don Amado Bonpland recebe recados: nem pense em fugir, pois ele o alcançará nem que esteja na lua.

Don Amado Bonpland aponta:
– Olhe como cresce o yerbal.

Duvidam de Don Amado Bonpland.

No ano seguinte não há sacas suficientes no Cerrito para embalar as tantas toneladas da yerba. É preciso mandá-los vir do outro lado do rio Paraná. A erva-mate é vendida ao preço estabelecido por Caraí Guaçu. Ele fixa o preço máximo das mercadorias. Mesmo assim, haverá dinheiro para todos.

Por intermediários, Don Amado Bonpland compra terras à margem esquerda do rio Uruguai, nas Missões de São Borja. É no Brasil. Todos acham uma loucura.

– Quando me expulsarem daqui, precisarei de terras para seguir a plantação da yerba. A yerba faz parte de mim, e ela não existe sem mim – ele diz. – E preciso ficar à distância de Caraí Guaçu. Corrientes é muito próximo. E é bom haver dois rios entre mim e ele.

Com o passar do tempo, fala cada vez menos, por considerar que tudo que diz é supérfluo.

Pede para estar só. Passa longos momentos na mais vasta solidão.

Quando volta o seu mal, quando vem o tremor e a febre fica fora de controle, os índios sentem muita pena. Don Amado Bonpland pede os remédios de sempre, que os índios guaranis sabem onde estão e como ministrá-los. Mas isso é uma vergonha. Ficar doente é uma vergonha.

Os índios guaranis enxergam pairando sobre Don Amado Bonpland um espectro sombrio. Nem as tocatas da banda o tiram de seus pensamentos.

Pensa em sua esposa, lá em Buenos Aires? Pensa em quê? E há tanto tempo aqui, sem mulher?

Os guaranis preocupam-se.

Numa tarde, com muitas reverências, apresentam-lhe Maria, filha do grande cacique Guachiré. É altiva, orgulhosa de sua linhagem, gorda e nunca ri. Os olhos, um pouco fora do eixo.

Fala a língua dos índios guaranis, mas também o castelhano. No meio da mesma frase, troca de idioma. Quando é apresentada a Don Amado Bonpland, ela diz, curvando-se:

– Es un gran honor.

Don Amado Bonpland convida-a para sua própria casinha, sob os olhares dos índios. Ali ficam numa longa conversa, com a luz acesa. Quando os índios vão embora, a luz apaga-se.

No outro dia, ela varre a frente da choupana e põe roupas para secar no varal.

Devota-se a Don Amado Bonpland como as fiéis que acendem velas para seus santos.

Ajuda-o nas coleções de plantas e na elaboração dos remédios.

Ajuda-o nos largos tachos de índigo.

Conta-lhe o antigo modo que os jesuítas usavam para quebrar a dureza das cascas das sementes da yerba. Faziam as sementes passarem pelo trato digestivo dos perus. Estavam prontas para serem plantadas.

Maria não sabe ler nem escrever. Amola-se um pouco quando Don Amado Bonpland fala do tempo em que era Aimé Bonpland, e da longa viagem que fez com outro homem.

Antes da seguinte primavera, estará grávida.

No outono nasce Amadito. No verão do ano seguinte, nasce uma filhinha a que puseram o nome da mãe. Quando ela nasce, Don Amado Bonpland colhe uma rosa de Josefina e corta-lhe os espinhos. Olha a rosa, segurando-a com delicadeza entre o polegar e o indicador. Deposita-a no berço da filha. O perfume da rosa mistura-se aos cheiros infantis.

Quando adulto, Amadito dirá ter uma vaga ideia de seu pai. Lembrará, apenas, de ouvi-lo dizer uma vez: "Não deixes, meu filho, de regar aquele canteiro". O pai estava sentado, tomando mate. O casaco dele tinha apenas um botão. Não usava calçado.

É só.

Maria, a filha, não se lembrará de nada. Por toda a vida desconfiará ser mentira o que a mãe lhe contava.

CAPÍTULO LXII

Num dia da primavera de um extenso ano, Caraí Guaçu desperta disposto a libertar Don Amado Bonpland. Ninguém mais escreve a Caraí Guaçu, pedindo a libertação do sábio. O mundo esqueceu-se do francês, mas não do Paraguai.

– Mande levar esta carta ao comandante de Itapúa – diz Caraí Guaçu ao doutor Estigarríbia, no meio da manhã. – O francês tem duas semanas para deixar o Cerrito e o Paraguai.

– É pouco, Excelência. Ele tem família, plantações, gado, interesses.

– Ninguém pode ter mais interesses do que eu. E que leve tudo embora, menos a família. São paraguaios, a mulher e os filhos – Caraí Guaçu tudo sabe. – Que deixe aqui os filhos. Deixe aqui também sua mulher.

A ordem é cumprida com pressa e exatidão.

Don Amado Bonpland lê o teor da carta. Não se alarma.

– Ele é o Caraí Guaçu. Ele manda.

Em oito dias, Don Amado Bonpland está pronto para a partida: vendeu seus animais, recolheu todas as caixas com seus herbários, mais o armário-farmácia, os instrumentos agrícolas, os instrumentos médicos e os vasos com a rosa de Josefina. Tudo coube em oito carretas. Vão junto centenas de mudas da yerba.

A despedida de sua mulher e filhos é rápida. Ele os abraça. Ele afaga os cabelos de sua mulher. Encosta neles seus lábios. Seus braços estão rígidos.

– Não chorem. Não chorem. Nunca chorem.

E se afasta em direção do seu yerbal. Caminha entre as ramagens, acariciando-as e dizendo-lhes palavras em guarani. Pega um pequeno ramo e põe-no na lapela. Monta em seu cavalo, logo se distanciando. Não olha para trás.

Toda a transferência cumpre-se nas duas semanas. Ele é acompanhado por 26 homens; oito levam suas mulheres e filhos. Atravessa o rio Paraná numa canoa feita de um único tronco de árvore. Venta muito. A superfície do rio Paraná forma ondas irregulares.

De seu antigo estabelecimento, nada mais há. A vegetação brava entremeia-se ao yerbal. Ele apoia a mão numa parede jesuítica, novamente tomada pelo musgo e plantas trepadeiras. Diz a seu guia guarani: "Vamos. Nada mais aqui me pertence". Don Amado Bonpland tem pressa em transpor o território de Misiones. Ultrapassa uma grande planície.

"Minha vida é feita de infindáveis absurdos."

Em todo o ano seguinte ele se recolherá cedo, concentrado em sua dor e na saudade.

Maria, a esposa, começará a perder a razão no dia seguinte à despedida. Ao fim da vida, a filha do cacique Ghachiré terá suas lembranças degradadas pela nostalgia.

Caminhará sonolenta pelo yerbal de seu esposo. O yerbal aos poucos se arruína. Ordens de Caraí Guaçu.

Cuidarão para que ela não provoque uma tragédia. Ela pedirá para morrer. Irão fazer-lhe a vontade. E ninguém mais soube dela, o que sempre aconteceu a quem se aproximou de Don Amado Bonpland.

CAPÍTULO LXIII

"E FOI A VEZ DE UMA NOVA partida, ou antes, de um regresso à sua condição de homem só e desvalido; um dos mais notórios botânicos do século viu-se às voltas com a contingência de enfrentar, mais uma vez, o seu destino. Ao receber a notícia que sua esposa, Adeline Delahaye, havia abandonado a cidade com Emma, unindo-se a um peruano rico, o doutor Aimé Bonpland apenas balançou a cabeça e disse:
"– Sobra-me minha yerba. A ela me devo dedicar com toda a alma". – Assim constou numa carta datada de Buenos Aires.
Não foi tão simples.
Nada é tão simples.

CAPÍTULO LXIV

Ele vê o rio Uruguai. De sua margem ele avista o Brasil. Do outro lado é São Borja, outra antiga missão dos jesuítas espanhóis. Lá, naqueles campos, talvez encontre a paz que tanto busca.

São Borja é uma cidade pequena. O pó vermelho inunda as narinas, colore o pelo dos animais e torna sanguíneos os entardeceres. Pouco lá ficará, retirado a seus campos, mais acima, às margens do Piratinim.

Manda vir os livros que deixou em Buenos Aires. Eles não têm mais a sua antiga tirania. Contrata os peões de que precisa para trabalharem no yerbal e nas outras plantações.

Instala-se em suas terras, às margens do rio.

Nada que é novo nos pertence. É preciso que o tempo, em seu curso, dê às coisas um sentido, exclusivo de seu possuidor. Só depois de um ano ele considera aquelas terras como suas.

Lá viverá. Plantará um grande yerbal com as mudas trazidas do Cerrito. Possuirá um rebanho de oitocentas ovelhas.

Irá à cidade quando precisar mostrar que está vivo. Fará amizade com o pároco local.

Atenderá a uma clientela cada vez maior, sem cobrar. Dos outros, cobrará: dos estancieiros, dos militares, dos comerciantes.

Logo Don Amado Bonpland descobrirá estar num lugar de guerra: o Comandante Bento Gonçalves e seus companheiros insurgiram-se contra o Império do Brasil. A República Rio-Grandense fora proclamada. Os campos convulsionam-se, e chegam a São Borja os estropiados das batalhas vizinhas. Através de emissários, o Comandante Bento Gonçalves pede apoio ao doutor Amado Bonpland na cura de seus companheiros. Don Amado Bonpland responde-lhe que sim, é uma honra tratar os que tombam lutando contra a tirania.

No lado argentino, eclode mais uma das tantas revoluções. Soldados e oficiais debandam para o lado brasileiro. Vêm feridos e tristes, à busca de cura e consolo.

Don Amado Bonpland instalou um pequeno hospital de campanha. É nesse hospital que ele conhece Vitoriana Cristaldo. É uma mulher afetuosa e enérgica, e tem o cabelo repartido ao meio, como as índias. Fala castelhano com fluência e apuro. Don Amado Bonpland via-a murmurar palavras de consolo ao ouvido dos que morriam. Via-a depois despi-los com rapidez e destinar essas roupas aos que ainda viviam. Com grande ruído, tirava da cama aqueles que estavam curados e fingiam-se de doentes. Nesses instantes, tornava-se colérica e gritava indecências.

Pela primeira vez em muito tempo, Don Amado Bonpland deseja uma mulher.

Ele imagina em Vitoriana Cristaldo a companhia certa para ver os poentes missioneiros e para tomar o mate com ele.

Um dia, à vista de todos os doentes, enlaça-a pela cintura e puxa-a junto ao seu corpo. Ante o olhar estranhado dos homens e das ajudantes, diz que não duvidem: a partir daquele momento, Vitoriana Cristaldo será sua esposa. E assim é, por alguns anos. Ele sabe, desde antes, que ninguém conseguirá impor sua vontade a Vitoriana Cristaldo.

Depois de um tempo, nasce Carmen. Carmen é a filha a ficar com ele até os dias finais. Don Amado ensina-lhe a ler, escrever e contar. Mas ela sabe mais do que isso. É ela quem, em Santa Ana, receberá o médico Avé-Lallemant.

CAPÍTULO LXV

D ON AMADO BONPLAND necessita ir a Montevidéu para apresentar-se no consulado francês. Decide-se por um itinerário caprichoso pelo interior da Província do Rio Grande do Sul, Império do Brasil, sempre acima do Paralelo 30, o paralelo da yerba. De Porto Alegre tomará um barco para Montevidéu.

Viaja por via fluvial, depois a cavalo e carroça. Depois, tomará o rio Jacuí. Vem acompanhado de vários de seus peões.

Contempla as araucárias pelo caminho. Admira-lhes os longos galhos que imitam uma taça, com tufos nas bordas. Em seus ramos correm nervosos caxinguelês de focinhos trêmulos.

Todos os yerbales lhe parecem mesquinhos.

Dorme em sua carroça de viagem, não aceitando o pouso nas estâncias. Os estancieiros são rudes e sovinas.

Afora as recrudescências da malária, ele mantém um corpo saudável. Silencioso, Don Amado Bonpland vence as centenas de quilômetros, e quando surge o perigo de uma ameaçadora divagação da alma, chama seus peões índios e pede-lhes que contem as lendas de seus povos. Ele nada fala, apenas escuta e adormece sob as estrelas.

Ao chegar a Porto Alegre, tem a bexiga paralisada e é tratado na Santa Casa de Misericórdia por um conterrâneo, que manda fazer-lhe uma sonda urológica. Pela primeira vez na vida usa o láudano. Passados alguns dias, e com o tratamento certo, cura-se e segue viagem. Mas ele nunca esquecerá esse encontro na Santa Casa e dos efeitos do láudano.

Em Montevidéu vai a um fotógrafo e faz-se retratar.

Na volta, a casa está bem cuidada por Carmen. Seus livros estão intactos. Acaricia as lombadas com muito amor.

Com instruções precisas, Carmen cuidou da rosa de Josefina.

Ele pergunta por Vitoriana Cristaldo, onde ela está.

Ante o silêncio da filha, pergunta quando ela voltará.

Desde então, nada mais perguntará sobre Vitoriana Cristaldo. Nem naquele dia, nem nos seguintes e até o fim de sua vida.

No dia seguinte à chegada, Carmen percebe um tremor na mão esquerda do pai. E esse tremor, ela sabe, não tem cura.

CAPÍTULO LXVI

ELA NÃO ESTRANHA quando o pai diz: "Morto está o doutor Francia. Tenho saudades da primeira língua que conheci na América. Lá em Corrientes há aquelas terras que o governador me doou. É uma forma de o destino me devolver ao começo da minha aventura na América. Devo me reconciliar com a língua que me acolheu em Cumaná".

Carmen olha para o pai. Está calmo. Ela, a única pessoa que lhe resta, sabe entendê-lo.

E assim é: Don Amado Bonpland vai à busca de suas terras em Corrientes, junto ao rio Uruguai e ao arroio Las Ánimas.

Dá-lhes o nome de Santa Ana.

Constrói um conjunto de três ranchos que, vistos do alto, formariam a letra K.

Planta um yerbal com mudas vindas de São Borja. Vê-o crescer.

Deixa lá um capataz.

Don Amado Bonpland mantém as duas estâncias enquanto sente forças. Tudo que ali cresce é destinado a seus empregados.

CAPÍTULO LXVII

Ele, ainda em São Borja, recebe um pacote.
Põe os óculos.
O pacote vem de Berlim e passou por várias alfândegas.
É de Humboldt. Don Amado Bonpland já não sente nenhum temor. Se receia abri-lo é porque não quer mais nenhum grande abalo em sua vida, ainda que seja de felicidade. Isso acontece depois dos oitenta anos.
Ele pede uma tesoura para Carmen.
Mesmo com a mão boa, ele custa a abrir o pacote. Carmen ajuda-o.
É um livro. Don Amado Bonpland olha para a rica lombada, suspira, sorri como quem descobre algo há muito esperado:
Humboldt ~ Kosmos.
Seu querido Alexander terminou, enfim, a busca de uma vida inteira.
Tudo está cumprido.
Ele abre a folha de rosto.

Kosmos.
Entwurf
einer physischen Weltbeschreibung
von
Alexander von Humboldt.

Abaixo, uma dedicatória afetuosa para ele.

Desloca-se um papel e cai. Carmen junta-o.

É um retrato fotográfico. A nova arte permite uma visão igual à vida, e por isso pode ser cruel. O amigo está com os cabelos brancos e malcortados. Os lábios voltam-se para baixo, e seu queixo está mais aparente e forte, com o enrugamento das faces. A pele tem todas as máculas do tempo. Mas, eis o milagre, nada disso lhe tira a distinção. Dão-lhe, ao contrário, uma nobre solenidade.

O amigo não olha para o fotógrafo, mas para um ponto à esquerda e abaixo. Ele olha, meditativo, para algo que apenas ele conhece. "Ele pensa em mim. Alexander, Alexander. Você nunca me abandonou."

Os dedos anquilosados de Don Amado Bonpland acariciam a testa inteligente e a feição generosa do amigo.

Don Amado Bonpland passa algumas páginas. Humboldt sempre deplorou que o amigo não quisesse aprender a língua alemã.

É um volume com 493 páginas, impressas em caracteres góticos.

Don Amado Bonpland começa a leitura nesta noite.

Ich übergebe am späten Abend eines vielbewegten Lebens dem deutschen Publikum ein Werk, dessen Bild in unbestimmten Umrissen mir fast ein halbes Jahrhundert lang vor der Seele schwebte.

Recitará todas as palavras e frases daquele livro. Não o entenderá com sua razão, mas com sua alma.

Ouvirá a sonoridade das frases. É seu amigo quem fala à sua alma, assim como falou às margens do Casiquiare.

É Humboldt quem fala para ele, só para ele, no fundo do tempo e das geografias.

Don Amado Bonpland sabe que o amigo está feliz. O amigo está convencido de haver demonstrado que tudo faz parte de uma grande unidade, inclusive ele, Aimé Bonpland.

Quinze dias depois:

– Acabou o livro, pai? – Carmen pergunta.

"Sim, minha filha. É muito bonito."

– Muito grande.

"Sim, minha filha. Tão grande como o mundo e as estrelas e a Lua, tão grande como o sonho do meu amigo, tão grande quanto a sombra. Mesmo sendo quem é, nunca me abandonou. Eu, eu é que lhe fui infiel."

Depois virão mais dois volumes dessa obra.

O quarto e quinto volumes são anunciados pelo editor de Leipzig.

Esses irão perder-se no trajeto.

CAPÍTULO LXVIII

Veem-no navegar pelo rio Uruguai, acima e abaixo, no governo de seu barco. Leva as mudas da yerba, que planta em Santa Ana. É auxiliado por um índio tão velho quanto ele, que serve de piloto, no comando de cinco remadores. Ele desatraca de São Borja com sacos da yerba.

Dias depois, deixa a estância de Santa Ana, em Corrientes, levando sacos de mandioca, sal e açúcar. São 27 milhas náuticas entre esses dois pontos. Nos vilarejos ribeirinhos, ele troca seus bens, recusando-se a chamá-los de mercadorias. A carga que chega a Santa Ana nem sempre é igual a que saiu de São Borja.

Ele amarra seu barco nas margens para comer um pedaço de charque e dormir. Dorme sobre o velo de ovelhas e nada lhe faz falta. Cobre-se com o poncho durante a noite, enquanto o índio cuida o seu sono.

Assim será por um número de anos que ele, mais tarde, dirá ser dois; às vezes, doze. A única pessoa que sabe de certeza é Carmen, mas nunca Don Amado Bonpland a interroga a esse respeito.

Mais tarde é quando decidirá mudar-se de vez para a estância de Santa Ana.

CAPÍTULO LXIX

Ele dirige a vista para o pampa de São Borja. Olha para o yerbal, que sobe e desce as brandas coxilhas do pampa. O vento move com leveza as ramagens. Ele e Carmen sentam-se debaixo de uma grande figueira junto à casa. Carmen segura a chaleira para o mate. Ouve-o:

– Tudo o que plantei está aqui, mas tudo o de que gosto está lá abaixo, no outro lado do rio. Há muito que não vou lá. – É a estância de Santa Ana. – Estou cansado, Carmen.

Carmen serve o mate ao pai.

Olha-o. A velhice final não é algo que acontece aos poucos. Há um momento súbito em que alguém passa a ser velho. Hoje Carmen é tomada por esse sentimento, ao ver seu pai.

O olhar de Don Amado Bonpland não é mais o olhar do botânico mas, sim, dos homens que, desprendidos das circunstâncias que deram sentido às suas vidas, descobrem-se solitários em sua condição humana.

Quando ele repete o nome "estância de Santa Ana", ela entrega a chaleira para um peão e vai para dentro de casa.

Don Amado Bonpland, mais tarde, encontra a filha em seu quartinho, fazendo barulho, arrastando móveis.

Há um pequeno baú sobre a cama. Carmen sorri ao ver o pai, e segue arranjando no baú suas poucas roupas. Don Amado Bonpland não precisa perguntar; apenas abraça-se a Carmen, beija-lhe a testa. Ela diz:

— Quando o pai decidir voltar para lá, tudo vai estar pronto.

— Uma viagem dessas, rio abaixo, é perigosa para uma jovem.

Ela não responde, apenas põe seus dedos sobre os lábios do pai.

Dois dias mais tarde, ele a acompanha até a margem do rio. Ali, numa canoa sólida, espera-os um índio, que acomoda o baú, dá a segurança da mão a Carmen.

Carmen e o índio partem. A canoa deixa um vértice de linhas divergentes na superfície das águas.

Don Amado Bonpland passa a tarde sentado à frente da casa, olhando para os campos.

Absorto, ele acompanha o voo curto dos pica-paus.

Pensa em como será fácil deixar a estância de São Borja. É sua maneira de abandonar-se aos poucos.

Mas há ainda coisas a fazer: busca um dos vasos com a rosa de Josefina, agora grossa das tantas podas e enxertos. Pega uma tesoura de jardineiro e, com prática, corta os galhos inferiores.

Olha melhor: há alguns botões.

Na próxima primavera, estarão floridas.

CAPÍTULO LXX

Dois meses adiante, Don Amado Bonpland desce o rio Uruguai.
 Sua balsa é composta pela amarração de três canoas sobre as quais dispuseram um correr de tábuas atadas por cordas. Ele é acompanhado por um velho índio, doente, que serve de piloto.
 Seus empregados disseram ser uma temeridade fazer essa viagem, apenas os dois homens. Mas ele assim quis.
 Ele abandona para sempre sua estância de São Borja.
 Deixou-a ontem, com seu yerbal, seus bois, suas figueiras, suas ovelhas, seus empregados índios e negros.
 Vendeu-a, embora não precise do dinheiro.
 Destrói as roseiras de Josefina, levando apenas dois vasos.
 Ele traz o abreviado mundo que iluminou sua existência até agora: seu pequenino armário-farmácia com seus frascos vazios e, ainda, várias sacas da yerba. Acomodado entre elas, um caixote em que está gravado, a fogo, apenas isso: *Livres*. Ali há, sim, os livros recebidos por último, o *Cosmos*, de Humboldt, mas também os seus próprios. Poucos.
 À sua esquerda, ele vê o Rio Grande do Sul, o Brasil. À direita, Corrientes, Argentina.
 Chove dias sem parar. O Uruguai está muito acima de seu nível normal. Don Amado Bonpland tem as roupas

pesadas de umidade. Uma faixa de céu, ao sul, indica que o tempo irá abrir. É do Sul que vem o bom tempo.

Desce a favor da torrente, por isso os remos estão recolhidos, e o índio maneja apenas o leme.

Don Amado Bonpland tem a pele tão crestada como a pele do índio que o acompanha.

O índio, tremendo de febre, maneja o leme e cuida para que as bagagens não tombem no rio. Se tombarem, deixará que naveguem correnteza abaixo, ganhando um ritmo mais veloz do que a embarcação. Os fardos serão mensageiros da chegada de Don Amado Bonpland ao porto de Restauración. Lá, ele fará desembarcar o índio, deixando-o entregue aos seus iguais.

Longe vão os tempos da Malmaison. Suas botas forradas de marroquim tentam fixar-se no piso da balsa.

A singradura é longa. Os membros amortecem-se.

Don Amado Bonpland não tem qualquer ilusão. Quanto mais passa a idade, mais um homem pensa sobre o tempo. Jovem, pensa no futuro. Essas perturbações dos fluidos corporais, essas dores musculares e ósseas, essa fraqueza sexual, essa falta de sabor dos alimentos, são obrigações naturais que o homem deve prestar por uma longa vida.

Don Amado Bonpland, desde sempre, soube que qualquer existência biológica tem um fim.

Seu coração está triste e conformado.

Porto de Restauración.

Descarregada a embarcação, Don Amado Bonpland diz ao índio quais remédios deve tomar e que, sim, pode recorrer ao curandeiro.

Don Amado Bonpland manobrará a balsa até Santa Ana. Os que o veem desde as margens, admiram-se que o velho Don Amado Bonpland ainda consiga conduzi-la.
Ele é mais velho do que qualquer homem que já tenha conhecido.
Logo começará sua Posteridade. Uma Posteridade só existe quando a vida é contada para alguém.
Don Amado Bonpland chega a seu rancho de Santa Ana. Carmen já o espera, ao lado da porta.
Ele a abraça e, vencendo o cansaço, pede:
– Me ajude a desembaraçar tudo isso – e indica a carroça, conduzida pelo peão caseiro. – Tudo está encharcado da chuva. Quando o tempo melhorar, ponha a secar no sol. Nada ficou em São Borja.
Don Amado Bonpland abre uma carta que Carmen lhe entrega, vinda de Restauración. Ele busca os óculos, lê-a; ali lhe anunciam que receberá uma visita. Virá do Rio de Janeiro, e irá procurá-lo em Santa Ana. "Robert Avé--Lallemant" O nome nada lhe diz.
"Mais uma visita" – pensa, ao dobrar a carta. "Todos querem assistir à minha morte. Mas as visitas sempre têm tempo. Gostam de escutar histórias. Em troca de me ver, terá de escutar minha história. Estou pronto para contá-la. Preciso contá-la."
No dia seguinte, ele receberá o visitante, Avé-Lallemant. Conversarão na salle à manger.
Don Amado Bonpland contará duas vezes toda a sua vida a Avé-Lallemant.

EPÍLOGO

Estância Santa Ana, Corrientes, Argentina, 1858.

Don Amado Bonpland e Avé-Lallemant ainda estão na salle à manger do rancho.
Avé-Lallemant voltou a sentar-se.
Há quatro horas Don Amado Bonpland narra sua vida, desde La Rochelle até chegar ao estado em que se encontra.
Narra coisas que deixam Avé-Lallemant constrangido.
O poente adquiriu o vivo colorido da púrpura.
Carmen acende dois lampiões. Põe um sobre a mesa e outro no tampo da estante de livros.
As luzes radiantes projetam fantasmáticas duplicações de vultos nas paredes.
Don Amado Bonpland está com os olhos semicerrados:
«Minha vida é demasiada. Um homem vive apenas para arrepender-se das suas infidelidades e para experimentar seu próprio declínio. Meu caro doutor Avé-Lallemant: dá-me agora um imenso sono. Já conversamos tudo o que deveríamos».
O doutor Avé-Lallemant aproxima sua cadeira. Carmen não consegue escutar estas palavras:
– Peço que perdoe minha ousadia, doutor Bonpland –

Avé-Lallemant escolhe as palavras –, mas não posso deixá--lo sem dizer que seu espírito sofre.

Don Amado Bonpland abre as pálpebras. Seu olhar torna-se atento.

Avé-Lallemant hesita antes de dizer:

– Como o senhor pode carregar tantas tristezas? O mundo inteiro celebra seu nome. Seu nome designa um gênero do mundo vegetal.

«Sim, o gênero *Bonplandia*... Mais uma bondade de Humboldt. Enfim, algo de mim pertence ao Cosmos instituído por ele.»

– Como posso ajudar o senhor?

A resposta surpreende Avé-Lallemant:

«Escutando». Don Amado Bonpland endireita-se na cadeira. Segura com impaciência o tremor da mão esquerda: «Escutando minha história».

– Mas doutor, penso ter feito isso, até agora.

«Tudo que lhe narrei foi falso. Quer escutar a história verdadeira?»

– Sim – ele diz. Mas sabe que não está preparado para escutá-la.

«Então ouça.»

O que Avé-Lallemant escuta, como um lento carretel que se desenrola, é a mesma história, palavra por palavra, frase por frase. A partir de certo momento, ele se preocupa. O velho homem perdeu a razão.

É já quase madrugada quando Don Amado Bonpland diz:

«E assim foi que cheguei ontem a este rancho e fiquei à sua espera».

– Mas doutor Bonpland – diz Avé-Lallemant –, penso ter escutado a mesma história.

«Foi outra. O que eu lhe disse, quando me entregou a medalha mandada por Humboldt?»

– Penso que foi: "Só um homem generoso como Humboldt pode dar esses presentes do coração".

«Mas eu dizia com a minha alma: 'Nunca poderei retribuir esse gesto. Esse presente me sepulta mais no meu remorso'. O que importa, doutor, é o sentimento com que as coisas são ditas.»

– Como é isso? – Avé-Lallemant alarma-se.

«Quando lhe contei os fatos da minha vida pela primeira vez, foi pensando no que o senhor diria para o mundo e para a minha Posteridade; na segunda vez, eu contei tudo debaixo do sentimento da vergonha e do perdão. Eu precisava ser perdoado.»

– Ser perdoado... Mas não bastam todos os seus sofrimentos, casar-se com a mulher que detestava, a malária...

«...o abandono das seis mil amostras de plantas, a morte da Imperatriz...»

– ...a terrível ausência de livros no Paraguai, essas mulheres que o senhor abandonou ou que foi abandonado por elas...

«...a fraude que é meu nome junto ao de Humboldt nesses livros, meus filhos perdidos pelo mundo, minha enteada tão querida a quem nunca mais vi...»

– E ainda mais, lembro agora...

«Pare. Uma vez, em Cumaná, vi Humboldt discursando em francês para um índio. No fundo, Humboldt falava para ele mesmo, para que ele acreditasse mais no que dizia... O senhor, sem o saber, desempenhou o mesmo papel daquele índio.»

Don Amado Bonpland levanta-se.

«E quando na Europa souberem que eu morri, muitos dirão que me julgavam morto há muitos anos. Isso acontece a quem foi uma figura na sombra. Mas viver à sombra foi minha melhor absolvição. E não falo apenas à sombra de Humboldt, mas à sombra do que é bom e que é belo, à sombra do amor, à sombra da vida. Basta. Então boa noite, doutor Avé-Lallemant.»

– Algum recado para o barão von Humboldt? – Avé-Lallemant se ergue.

«Diga a ele que agradeço pela condecoração. Diga-lhe, sobretudo, que depois de procurar-me em tantos lugares, descobri que aqui é meu lugar. Diga a ele como estou. Diga a ele o que o senhor está pensando: que eu devo ficar aqui, e logo aqui morrer.»

– Não, jamais. O senhor é ainda muito vigoroso.

Don Amado Bonpland sorri da tolice de Avé-Lallemant, e depois, sério, lhe aperta a mão.

«Tudo no que trabalhei até agora, o abandono a este lugar sem paradeiro, e ainda essa obsessão irracional pela yerba que consumiu o melhor da minha força e da minha qualidade intelectual, tornando-me um demente, toda essa miséria que me impus, tudo isso agora me justifica.»

– Escreverei para Humboldt logo que volte ao Rio de Janeiro.

«Volte logo, então, para o Rio de Janeiro.»

Avé-Lallemant:

— Tenho uma última pergunta. Humboldt publicou seu livro, encontrou seu Cosmos. E o senhor, doutor Bonpland?

«Olhe em volta, doutor Avé-Lallemant.»

Avé-Lallemant gira o olhar: além da estante de livros, um lampião, uma porta para dentro do rancho, uma janela, um vaso com rosas.

Tudo lhe parece quieto e em paz.

Lá fora, porém, a Natureza em turbulência.

Avé-Lallemant torna a olhar para o velho homem: pela primeira vez Don Amado Bonpland está sorrindo.

Avé-Lallemant não entende esse sorriso.

Nós, sim.

*

Lá fora o crescente lunar paira sobre o rancho, coagulando a paisagem numa frágil claridade em que não se distinguem os volumes, apenas as linhas dissolvidas em brancura.

Ouvem-se os rumores lutuosos do urutau mãe-da-noite.

Carmen leva Avé-Lallemant ao rancho contíguo, serve-lhe uma refeição e dispõe as comodidades para passar a noite. Ajuda-o a arrumar seu baú de viagem. Ao voltar à salle à manger, ela se surpreende ao ver que o pai ainda não foi dormir. Diz-lhe que o hóspede já se deitou.

Ele põe a mão sobre o ombro da filha.

Don Amado Bonpland fala em guarani. Ele sabe que a filha entende cada palavra, mas não seu encadeamento:

«Hoje foi um grande dia, Carmen. Eu mereço tudo isso, eu pertenço a tudo isso que não tem sentido nem coerência. Eu sou a palmeira que nasce nos Andes. Eu sou a impossível borboleta de asas amarelas que um dia vi nas neves do Chimborazo. E agora, Carmen, preciso escrever. Pela última vez.»

Carmen acompanha os movimentos do pai.

Vê-o pegar um lampião e sentar-se à mesa.

Com a mão doente ele tenta prender uma folha de papel sobre o tampo da mesa. Ela quer ajudá-lo, mas ele recusa.

Don Amado Bonpland molha a pena no tinteiro e começa uma carta.

E assim, com dificuldade, ele enche seis folhas e meia de sua escrita trôpega.

No começo: *Meu muito querido.*

E, ao final: *Todo teu, Aimé.*

Agora diz:

«Está feito. Depois da partida do doutor Avé-Lallemant, você ache forma de enviar esta carta. Apague os lampiões. Vamos ali para fora.»

No terreiro, Don Amado Bonpland fala do tempo e do céu.

Com o dedo trêmulo aponta para as estrelas, indica as constelações que ela tão bem conhece.

Aponta depois para a lua. Mais uma vez descreve seus mares, suas montanhas e crateras.

Hoje, uma dessas crateras, junto ao *Mare Cognitum*, leva seu nome: cratera Bonpland. Também um asteroide que corre célere pelo firmamento, cumprindo sua eterna trajetória: asteroide Bonpland.

Aimé Bonpland balbucia, sem saudade nem esforço, antigas canções de La Rochelle.

Diz depois, pronunciando bem as sílabas:

«Rose, Rose, hoje entendi a razão da minha longa vida. Essa matéria má que me perseguiu, tudo isso me perdoou. Esquecendo os nomes que os botânicos dão às plantas, eu penso igual a você, Rose. Agora esses matos, esse rio Uruguai, serão meu túmulo».

Carmen sabe que Rose é o nome de uma rainha inventada por seu pai, e por quem ele diz que se apaixonou na juventude.

Tudo ali é calma e olvido.

CAPÍTULO LXXI

Numa noite, às escondidas de Carmen, ele sai da casa. Desde alguns dias, permanecia na cama, em mais uma forte crise da sua doença, e Carmen vigiava-o. A febre dourava sua testa, e por ela escorriam gotas de suor cintilantes à luz do lampião. Naquela noite, Carmen sentou-se na cadeira a seu lado e trocava compressas de água fria. Mas vencida pela exaustão, cochilou.

Ao acordar-se na madrugada, o pai não está mais lá.

Ela chama os peões.

Com tochas correm a procurá-lo, gritando seu nome.

Encontram-no a vagar pelo campo.

À luz, todos percebem, por seu olhar, que ele não é mais deste mundo. Conduzem-no para o rancho.

Ele morre no dia seguinte, tranquilo como quem se entrega ao sono.

Sua última palavra, que ninguém entendeu, foi *Céroxilon*.

Carmen agora veste o pai. Ao colocar-lhe o colete, ela percebe que há algo no bolsinho direito. É uma pequena chave de prata, desconhecida até agora. Deixa-a ali.

As mãos do pai, enfim serenas, empunham a última rosa de Josefina. Carmen a encontrou no gargalo de uma garrafa com água. Lá fora, ela percebeu que essas rosas se extinguiram para sempre: os vasos estavam destruídos,

e os ramos, cortados em pequenas partes sem serventia.
Ela entendeu. Por todos os séculos, e enquanto existisse o mundo e as eras, essa rosa jamais seria vista.

Os empregados da casa deitam o corpo no fundo de uma carroça. Carmen põe um travesseiro para amparar a cabeça de Don Amado Bonpland. Como faz um pouco de frio outonal, a filha cobre-lhe o corpo com um cobertor de lã virgem de suas ovelhas.

Vai até o yerbal e colhe um ramo. Coloca-o entre as mãos do pai, entrelaçado ao caule da rosa.

Daí por diante, ela sabe seus deveres.

Senta-se muito ereta à boleia, ao lado do condutor.
Diz-lhe que podem partir.

A carroça é puxada por dois cavalos.

Faz um dia de céu límpido e sol.

Carmen olha para a estrada que leva a Restauración, junto ao rio Uruguai.

Lá ela deseja sepultar o pai.

Todos na vizinhança sabem o que acontece. Incorporam-se ao cortejo. Largam as enxadas, seus bois, as ovelhas. Alguns vêm até a carroça para ver Don Amado Bonpland. Acham-no bonito, um bonito velho. Seu corpo balança ao sabor das irregularidades do terreno.

E vem a noite, o cortejo estaciona.

Não há lua. As estrelas luzem. O corpo de Don Amado Bonpland é retirado da carroça, para descansar. Estendem panos na grama e ali põem Don Amado Bonpland. Uma índia acende quatro velas de sebo, colocando-as nos quatro pontos cardeais, em torno de Don Amado Bonpland. Ajoelham-se. Revezam-se na vigília. Um dos índios começa o Pai-Nosso: Ore Rúva, yvápe ereivae, imbojero-

viaripýramo nde rera marangatu toiko... Carmen não dorme, escutando a suave melopeia que ela bem conhece e que depois acompanha, recitando ela também.
Olha as estrelas. As estrelas ignoram os destinos dos homens. As estrelas lançam os homens no esquecimento.
As pálpebras cerradas do pai impedem-no de enxergá-las, mas agora ele as tem em seu coração imóvel.
Don Amado Bonpland é sepultado no cemitério de Restauración.
Seu túmulo parece um forno de assar pão sobre um quadrilátero de alvenaria. Em cada ângulo do quadrilátero há uma coluna. As colunas sustentam o ar.
A porta desse forno está aberta. Olhemos.
Lá, no esquecimento, uma urna de mármore, com os dizeres:

EL NATURALISTA AMADO BONPLAND.
+ EN 11 MAYO 1858 A LOS 85 AÑOS.

Só.
Afora algumas placas comemorativas, mais nada.
Nada.

*

A milhares de quilômetros, na Igreja de São Pedro e São Paulo, em Rueil, dentro do esquife de Josefina, entre as mãos descarnadas da grande dama, a rosa de Aimé Bonpland desfaz-se em pó.

CAPÍTULO LXXII

Alexander von Humboldt recebe uma carta em seu gabinete de trabalho no Palácio de Tegel. A carta vem do Rio de Janeiro. É primavera. Ele está em seu sofá, próximo à janela que se abre para o parque. O remetente: seu amigo doutor Robert Avé-Lallemant. Isso lhe desperta uma inquietação. O ar está embalsamado pelos odores do jardim florido.

Rompe o lacre, desprende os fios rubros que costuram o papel. Usa tempo para fazer isso. Desdobra a carta. Não serão boas notícias.

Não são boas.

Humboldt recupera-se de um leve derrame cerebral. Depois disso, não foi o mesmo homem. A morte pessoal, agora, parece-lhe possível.

Junto a um canteiro, sua sobrinha segura uma cesta com flores que logo virão para o vaso do gabinete de Humboldt. Ele sempre quer flores frescas, de maio a setembro.

O vaso de cristal está à espera, sobre a grande mesa em que há mapas em desordem.

Humboldt apoia-se nos braços do sofá e levanta-se.

Seu corpo se estabiliza.

Pega a bengala e vai até uma prateleira ao fundo do gabinete. Retira um herbário e desata os cadarços que prendem as capas de couro.

Toma uma das folhas em que há um espécime vegetal. Faz espaço na grande mesa, e ali a deposita. Lembra-se de uma tarde, há meio século, no Orinoco. Bonpland observava-o.

No canto direito inferior da página, há um nome latino.

Abaixo, sua assinatura.

Molha a pena no tinteiro e com a mão trêmula, mas ainda determinada, risca o nome latino e escreve, acima: *Mimosa lacustris*.

Depois, risca seu próprio nome e escreve: Aimé Bonpland.

Dá um grande suspiro de reconciliação.

A sobrinha entra no gabinete com as flores, dá um beijo no rosto do tio e arranja-as no vaso. Humboldt olha-a com um sorriso benévolo.

– Que flores são essas?

– Não sei, tio. Miosótis?

– As flores têm nomes que nós damos a elas. Se você chama de miosótis, são miosótis. E você tem todo o direito de dizer: "Eu dei o nome a essa flor".

A sobrinha ri.

– Ora, tio, não zombe da minha ignorância. – Ela, entretanto, percebe que os olhos do tio estão úmidos. Ele está sério e triste.

A sobrinha abraça-o, sente de novo o fresco perfume da lavanda, que mal consegue disfarçar o cheiro dos velhos. Ele diz:

– Eu enterrei toda a minha geração. Morrerei logo. Mas antes disso quero que minha consciência possa dissolver-se em paz.

Depois de sua morte, encontrarão um bilhete em que estarão escritas as palavras, do Gênesis: Assim foram acabados os céus, a Terra e todos seus exércitos. Não terá tempo de receber outras cartas. Dentre elas, uma vinda de Restauración, Província de Misiones.

Também não terá tempo de abrir um pacote vindo de Londres, com um livro: *On the Origin of Species*.

E nem deveria fazê-lo.

CAPÍTULO LXXIII

Mademoiselle Emma Delahaye, no manicômio da Salpêtrière, termina de ajeitar um pequeno coque em seus raros cabelos. A enfermeira aparece para buscá-la. Amparando-se no braço da enfermeira, a outra mão na parede do corredor, ela caminha até o piano. Nunca mandaram afiná-lo. Senta-se. Abre a tampa do teclado, de onde sai o perfume de madeira encerada. Abre a gasta partitura de Haydn e a coloca na estante. Suas mãos, travadas pela artrite, cobrem-se de pintas marrons. Quando vai tocar, elas não lhe obedecem. Os dedos não alcançam a amplitude dos acordes. Mesmo que pressione as teclas até o fundo, muitas notas deixam de soar.
 Mademoiselle Emma baixa a cabeça. Ela chora. Ela se torna pequena e humilde.
 Acontece: a seu lado, vê as mãos viris e flexíveis de seu padrasto. Elas a estimulam a seguir.
 Essas mãos voltam a tocar piano com ela.
 As mãos de Emma são de novo mãos infantis.
 Eles tocam. Estão na Malmaison. Estão em Buenos Aires. A música é risonha, feliz.
 Tocam por meia hora.
 Vêm avisar que já terminou o tempo.

A enfermeira da Salpêtrière conduz Mademoiselle Emma a seu quarto, que ela compartilha com mais duas senhoras.

Mais nada.

Nada.

Fim

NOTAS

Escrito em Gramado e Porto Alegre, entre setembro de 2006 e abril de 2012.

Este livro é o quarto e último da série *Visitantes ao Sul*, do qual fazem parte *O pintor de retratos* [2001], *A margem imóvel do rio* [2003] e *Música perdida* [2006]. Todos pela L&PM. Comportam leitura independente. São variações sobre um tema.

O título *Figura na sombra* já estava escolhido desde 2006. Em algumas entrevistas, à época, fiz referência ao título. Em 2010 o geógrafo Prof. Ph.D Stephen Bell publicou pela Stanford University Press uma extraordinária obra acadêmica, *A Life in Shadow*, que retrata as andanças de Bonpland pelo Sul da América do Sul. Mais do que coincidência, esse fato mostra o quanto é evidente o lado de sombras do protagonista.

AGRADECIMENTOS

Muitas pessoas me ajudaram, seja obtendo difíceis fontes de consulta, seja lendo os originais e oferecendo sugestões. Algumas foram apenas solidárias e silenciosas, mas igualmente importantes. Devo registrar minha gratidão a: Alcy Cheuiche, Alexandre Schossler [Alemanha], Amilcar Bettega, Anelise Scherer, Angélica Otazú [Paraguai], Don Arturo Juan Freyche [Argentina], Pe. Bartolomeu Melià, SJ [Paraguai], Prof. Dr. Braz Brancato [*in memoriam*], Cíntia Moscovich, Colmar Duarte, Débora Peters, Débora Mutter [pelas preciosas observações e sugestões, em especial nas etapas finais da escrita da obra], Douglas Machado [que me ajudou a entender melhor Don Amado], Fausto José L. Domingues, Franklin Cunha, Gabriela Silva, Gládis Mango de Rubio e Miguel Ángel [Argentina], Prof. Dr. Heinrich Bunse [*in memoriam*], Janine Mogendorff, Jéferson Assumção, Leonardo Brasiliense, Luciana Éboli, Luiz Paulo Faccioli, Prof. Marcelo Canossa [Argentina], Maria Cristina Santos, Eneida da Rosa, Maria Eunice Moreira, Marie-Hélène Paret Passos, Mauro Gaglietti, Nilo de Lima e Silva Filho e Meri [Argentina], Prof. Rolando Axt, Tabajara Ruas, Tarso Genro, Valesca. Posso ter esquecido alguém.

Agradeço a meus netos Antônio e Valentim, pela paciência com um avô às vezes distraído – na verdade, ele pensava neste livro, que nunca ficava pronto. A eles também o dedico, de todo coração.

IMPRESSÃO:

GRÁFICA EDITORA Pallotti
IMAGEM DE QUALIDADE

Santa Maria - RS - Fone/Fax: (55) 3220.4500
www.pallotti.com.br